LA METEMPSICOSE

COMEDIE

DE M. DANCOURT.

Le prix est de 20 sols.

A PARIS,

Chez **Pierre Ribou**, seul Libraire
de l'Académie Royale de Musique, sur
le Quay des Augustins, à la descente
du Pont-Neuf, à l'Image S. Loüis.

M. DCC. XVIII.

Avec Permission & Privilege du Roy.

A SON ALTESSE

SERENISSIME

MONSEIGNEUR

LE PRINCE DE CONTY.

QUE vous répondez mal à mes empref-
semens,
    Ma Mufe que vous eftes lente ;
Quelle raifon vous rend fi negligente,
    A faire vos remercimens ?
  Je n'en puis déviner la caufe,
Quoy ! du fuccès de la Metempficofe
    Que vient d'applaudir tout Paris,
Croyez-vous avoir lieu de n'eftre pas contente ?
Si de mes Envieux la Troupe mal-faifante,
    Pour en diminuer le prix,
Interrompt ce fuccès ; les efforts qu'elle tente,
    N'empêchent pas que des plus beaux efprits,
    L'affemblée illuftre & fçavante,
N'en faffe hautement l'éloge avec châleur ;
    Et de concert tout le monde publie,
    Que jufqu'ici la divine Thalie,
Ne m'avoit rien dicté qui m'eût fait tant d'hon-
neur.   a ij

Montrez-vous donc, non pas en Muse suppliante
Qui vient d'une voix chancelante,
Par des respects souvent infructueux,
Du Parterre tumultueux,
Calmer l'humeur peu complaisante ;
Mais en Muse reconnnoissante.
D'un air content & non présomptueux,
Sans orgueil quelquefois, il sied bien d'être fiere:
Soutenez, j'y consens, ce noble caractere.
Que tardez-vous ? Qui peut vous arrester.
Pour le plus beau de mes ouvrages,
Allez recueillir les suffrages
Que vous m'avez fait meriter ;
Puis de ma part courez les presenter
Au Prince, à qui j'en dois les plus justes hom-
mages :
De ce jeune Heros. formé du sang des Dieux,
Muse, vous recevrez un accüeil gratieux :
Il a daigné me le promettre,
Sa bonté veut bien vous permettre,
De parer vos écrits de son nom glorieux ;
Qu'icy sans son aveu, je n'aurois osé mettre.
D'une longue suite d'Ayeux,
Plus grands encor, plus illustrez par eux,
Que par leur Rang auguste, & leur haute nais-
sance.
Vous verrez briller dans ses yeux
Une parfaite ressemblance :
Présage flâteur pour la France,
Dont ils furent toûjours les Maîtres & l'appui ;
Et qui nous donne une heureuse assurance,
Que toutes leurs vertus se rassemblent en lui.
Vous voudrez employer votre foible éloquence
D'abord à le remercier,
Il vous imposera silence.

Toutes les faveurs qu'il difpenfe
Il défend de les publier,
Obéïffez, faites-vous violence,
Qu'il fçache feulement que dans tout l'avenir,
Mes arriere-neveux dès leur plus tendre enfance,
Par vous inftruits à la reconnoiffance,
Sçauront de fes bontez garder le fouvenir :
Ne luy dites rien davantage.
Vous & vos fœurs aimez à babiller,
Et de tant de vertus qu'en luy l'on voit briller,
L'éclatant & rare affemblage,
Offre un beau fujet de parler ;
Cependant, Mufe, il faut vous taire.
Dans une fi vafte carriere,
Si feconde, fi propre à dignement loüer ;
C'eft une gêne étrange, il le faut avoüer,
D'eftre contrainte à n'en rien faire ;
Mais ce feroit peut-eftre une temerité
Condamnabe à vous, d'ofer croire
Pouvoir eftre utile à la gloire
D'un Nom, fi grand, fi refpecté,
Dont le Prince lui-même affure la Memoire.
C'eft un demi-Dieu que l'Hiftoire
Seule a droit de tranfmettre à la Pofterité.
Laiffons de luy parler la verité,
Mufe, repofons-nous fur elle,
Du foin de l'immortalifer;
Gardons de fes bontez un fouvenir fidele,
Et bornons-nous à l'amufer,
Par quelqu'heureufe bagatelle.

DANCOURT.

ACTEURS DU PROLOGUE.

MERCURE.

APAIX.

L'AMOUR.

BACCHUS.

THALIE.

SUITE DE BACCHUS.

SUITE DE L'AMOUR.

HABITANS DE LA VALLE'E DE TEMPE'.

La Scene est en Thessalie.

PROLOGUE.

PROLOGUE.

Le Theatre represente la Vallée de Tempé.
Sur le haut du côteau est un Pavillon
isolé d'une fort belle Architecture.

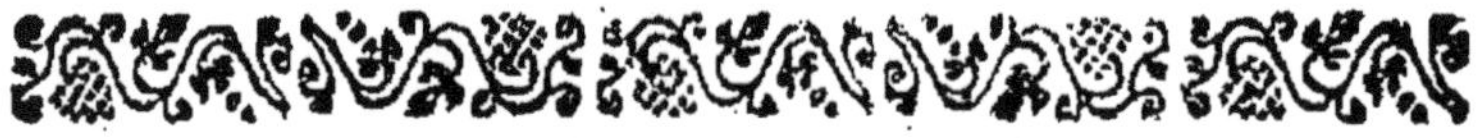

SCENE PREMIERE.

MERCURE *descend du Ciel.*

E cherche en vain de toutes parts,
La Paix dans ces climats avant moy
    descenduë,
Ne s'offre point encor à mes regards
Où peut-elle estre retenuë ?
Mais quel éclat vient de percer la nuë ?
C'est elle, je la vois.

✠✠

A

SCENE II.

LA PAIX, MERCURE.

LA PAIX traverse les airs dans un Char.

EN croiray-je mes yeux ?
Mercure déja dans ces lieux !
MERCURE.
C'est moy-même , divine aftrée ;
Mais vous depuis long-temps des Mortels mal-
heureux
Avec tant d'ardeur defirée,
Vous me femblez bien lente à contenter leurs
vœux.
Avec empreffement de la voûte azurée,
Je vous ay vû partir pour vous rendre chez eux,
J'ay depuis vous quitté les Cieux,
Et vous croyois icy déja bien établie,
Cependant à ce que je voy,
Vous arrivez même après moy.
LA PAIX.
Mon ardeur en chemin s'eft un peu rallentie.
En traverfant d'abord rapidement les airs,
Avec plaifir j'ay vû les enfans de la terre
Détruire par tout l'Univers
Les Autels du Dieu de la guerre
Et mettre la difcorde aux fers.
J'ay vû l'ambition, la fureur & la rage,
Se cachant au fonds des Enfers,
Laiffer mille peuples divers
Dégagez de leur efclavage

Et des maux qu'ils en ont soufferts.

MERCURE.

Ainſi donc tout étoit diſpoſé pour vous rendre
Les tranquilles tributs qu'on doit à vos Autels,
    Et vous auriez dû moins attendre
    A remplir les vœux des Mortels.

LA PAIX.

Ne me condamnés pas ſans m'écouter, Mercure,
Avant que d'établir icy-bas mon ſejour,
    Mon premier ſoin eſt d'être ſeure
    Que je tiendray long-tems ma Cour;
Et je veux, aux Mortels que ma préſence aſſeure
Une felicité qui dure plus d'un jour.
J'attends que tous les Dieux s'empreſſent de dé-
truire
De concert avec moy tout ce qui peut leur nuire;
L'avarice, l'orgüeil, l'uſure, monſtre affreux
    Et mille fois plus à craindre pour eux,
Que ceux qu'en ſa fureur Bellone peut produire.
    C'eſt peu qu'entre les Nations
Par leurs preſſans beſoins, par leur propre prudence
    On croye avoir éteint la violence
    De leurs longues diviſions.
Il faut que Jupiter par ſa bonté ſuprême,
    Se prête au bonheur des humains
    Qu'il daigne travailler lui-même
    A leur faire d'heureux deſtins.

MERCURE.

    Jupiter ſonge à remplir vos deſſeins ;
Et puiſqu'en ces climats vous venez de deſcendre,
    Que vous choiſiſſez pour ſejour
    Le même azile que l'amour.
Les jeux & les plaiſirs en foule vont s'y rendre.
Déja de toutes parts ils volent en ces lieux :
Et moi par ordre exprès du ſouverain des Dieux

PROLOGUE.

4

Je viens rendre à cette contrée
Par vous contre le fort à prefent raffeurée,
Tout ce que les beaux arts ont de plus précieux.
Avec Bacchus l'amour d'intelligence
Y va répandre l'abondance.
Le Dieu des mers
Des plus lointains climats du monde
Sur le fein de l'onde,
Y conduira mille peuples divers.

LA PAIX.

Que de Paris, cette fuperbe Ville,
Le beau fejour aura pour eux d'attraits.

MERCURE.

Il eft le fejour de la paix :
Il doit être heureux & tranquille.

LA PAIX.

Par Bacchus & l'Amour comme il eft habité,
Je ne réponds pas trop de fa tranquillité.

MERCURE.

Pour vivre avec eux fans craindre
L'éclat brûlant de leur divinité,
On n'a qu'à ne les pas contraindre,
Tous deux aiment la liberté.

LA PAIX.

Ils en pourront joüir en toute feureté.

MERCURE.

Bon, tant mieux, pour fixer la troupe paffagere
Qui de l'un & l'autre hemifphere
Vous viendra faire icy fa cour,
Leur fecours nous eft neceffaire.

LA PAIX.

Ils s'emprefferont à me plaire,
Et nous ferviront tour à tour.
Mais, Mercure, aux plaifirs d'aimer, à ceux de boire,
On ne peut pas toûjours donner tous fes momens,

PROLOGUE. 5

Cherchons, fi vous m'en voulez croire
Quelques autres amufemens.

MERCURE.

Il en eft icy de charmans,
Et que tout le monde idolâtre.

LA PAIX.

Je les connois, ceux du Théatre ;
Mais on dit que depuis un temps
Ils font devenus languiffans.

MERCURE.

Sans vous tout déplaift , tout ennuye.
Mais pour leur redonner de nouveaux agrémens,
Apollon confent que Thalie
Et la Mufe de l'harmonie,
Donnent des fpectacles galans,
Et puiffent de concert exercer leurs talens.

LA PAIX.

J'augure bien d'un fi noble affemblage.

MERCURE.

C'eft le fujet de mon voyage,
Et je n'y perdray point de temps.

LA PAIX.

Thalie auprès de nous s'avance.

MERCURE.

Bacchus avec l'Amour accompagne fes pas :
S'ils veulent avec nous être d'intelligence,
Leurs foins ne nous nuiront pas.

A ij.

SCENE III.

BACCHUS, L'AMOUR, MERCURE, LA PAIX, THALIE.

BACCHUS.

Salut au Dieu de l'éloquence.

MERCURE.

Salut au Patron des buveurs.

L'AMOUR.

Salut à celuy des voleurs.

MERCURE.

Salut au Dieu dont tous les cœurs
Tôt ou tard sentent la puiſſance.
Quel ſujet vous amene icy ?

BACCHUS.

L'ardeur de ſeconder le deſſein où vous êtes.

L'AMOUR.

Inſtruit du projet que vous faites,
Je prétends l'appuyer auſſi.
Mais comment ferons-nous ? C'a voïons.

THALIE.

Il me ſemble
Que tant de Dieux unis enſemble
Pour executer leurs projets,
N'ont pas beſoin de grands appreſts.
Il faut d'abord choiſir le ſujet de la paix.

MERCURE.

Jupiter mon pere & le ſien,

PROLOGUE.

Pour confacrer le nom d'une jeune Maiftreffe
Qu'il eut jadis , & dont il n'obtint rien,
Aux regards des Mortels veut bien
Que l'on releve fa foibleffe.

BACCHUS.

Ce fujet-là fera nouveau pour eux.

L'AMOUR.

Ce fujet-là nous interreffe,
Et nous y figurions tous deux.

MERCURE.

Vous fervîtes mal fa tendreffe.

L'AMOUR.

Puifqu'il le veut, revelons des fecrets
Dont jufques à prefent nous avions fait myftere:
Je l'avouë, entre nous, j'avois peine à me taire,
Et comme les Mortels les Dieux font indifcrets,
Qui reglera la Comedie ?

BACCHUS.

Belle difficulté, Thalie !

MERCURE.

Je feray le Muficien.

BACCHUS.

Que la mufique foit jolie,
Le trop beau, le trop grand ennuye:
Pour plaire il faut un petit rien.
Un vaudeville, une heureufe folie.

MERCURE.

Ce foin me regarde.

BACCHUS.

Fort bien.
Mais que feray-je dans la Piece ?
Car au fuccés je m'intereffe.

MERCURE.

La nôce & les frais du feftin.

PROLOGUE.

BACCHUS.

Tope.

MERCURE.

Qu'on y boira de vin:

LA PAIX.

Il faudra des Acteurs pour le chant, pour la danse.

THALIE.

L'Amour en fera la dépense;
N'a-t-il pas avec lui toûjours
Les jeux, les ris, les plaifirs, les amours;

BACCHUS.

J'y joindray les gens de ma fuite,
Troupe de faunes & de fylvains,
D'habitans des pays lointains,
Du Balet j'auray la conduite.

LA PAIX.

Qu'on y fera de mauvais pas.
Avant la danfe au moins ne les enyvrez pas.
Et les Acteurs parlans qui les fera ?

MERCURE.

Nous-mêmes;
Il faut dans ces commencemens
Defcendre un peu de nos grandeurs fuprê-
mes,
Pour mériter des applaudiffemens.
Jupiter & Venus, Junon même s'apprêtent
A feconder les jeux qu'icy nous préparons;
Et de concert avec nous ils fe preftent
Aux fpectacles galans que nous y donerons.
Au fiecle où nous fommes,
Si fertile en beaux efprits,
Les Dieux comme nous à Paris,
Sont à peine affez bons pour divertir les hommes.

THALIE.

J'approuve fort un tel avis.

PROLOGUE.

Mais enfin sous quelle figure

Prétendez-vous en ce Pays

De Jupiter retracer l'avanture ?

MERCURE.

Comme elle se passa jadis,

Même forme, mêmes habits,

En robe seulement à la Thessalienne :

Et voicy justement un endroit pour la Scene,

Il ne peut mieux estre representé.

Vous voyez de Tempé les bosquets, la fontaine;

Et sur le beau Coteau qui termine la plaine,

Se trouve aussi le Palais enchanté

Où Jupiter faisoit garder cette Beauté

Que Bacchus & l'Amour livrerent à Philéne.

BACCHUS.

On diroit en effet que c'est la verité.

Ce lieu charmant icy semble exprés transporté.

L'AMOUR.

Je reconnois aussi ces beaux valons sans peine.

BACCHUS.

Hâtons-nous donc. Commençons

Par quelque grand Monologue,

Ou par de petites Chansons.

Ce que nous avons dit servira de Prologue.

Quelque Danse, & puis finissons.

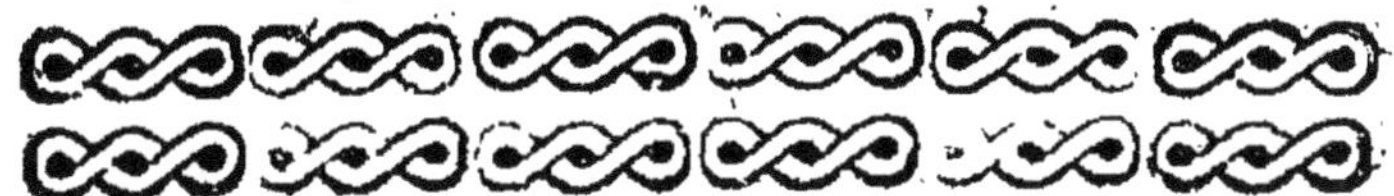

DIVERTISSEMENT.

MARCHE.

THALIE chante.

Sous l'empire d'un nouveau Maître,
Heureux Mortels, tout flatte vos defirs:
Les Dieux exprès pour vous exprès font naître
Un nouveau genre de plaifirs.

THALIE & MERCURE.

Que la Jeuneffe
Dans cet heureux fejour,
Avec foin s'empreffe
De fuivre fans ceffe
Bacchus & l'Amour:

THALIE.

Chacun d'eux partage
Le fincere hommage
Que tous les Mortels
Doivent à leurs Autels.

THALIE & MERCURE.

Que tout l'Univers fe raffemble
Sous leurs douces loix.
Ils font toûjours d'accord enfemble,
On peut tous deux les fervir à la fois.

UN THESSALIEN.

Aimables Dieux, vous n'êtes point jaloux
Des honneurs qu'à chacun de vous
Les Mortels s'empreſſent de rendre.
Nos cœurs charmez de vous voir parmi nous,
Volent au-devant de vos coups,
Loin de vouloir s'en défendre.
Pourroient-ils prétendre
Un deſtin plus doux ?

Après les horreurs de la guerre,
Qu'une heureuſe paix
Regne à jamais
Sur la terre,
Qu'une heureuſe paix
Regne à jamais.

LA PAIX.

Et nous puiſſe attirer la faveur du Parterre.

Fin du Prologue.

ACTEURS
de la Comedie.

JUPITER, Amoureux de Corine.

MERCURE,

FAUNUS, } Confidents de Jupiter.

CORINE, Amante de Philéne.

JUNON, Sous la figure de Merope.

BACCHUS,

L'AMOUR, } Confidents de Junon.

L'INCONSTANCE,

MEROPE, Tante de Corine.

PHILENE, Berger, Amant de Corine.

Suite de Bacchus.

Suite de l'Amour.

Habitans de Thessalie.

La Scene est en Thessalie.

LA
METEMPSICOSE.
COMEDIE.

ACTE I.
SCENE PREMIERE.
JUPITER, MERCURE.

JUPITER.

OTRE sincerité m'offense,
Mercure, je ne puis vous le dissimu-
ler.
MERCURE.
Et moy je ne puis plus me faire vio-
lence.
Si mon respect pour vous me condamne au silence,
Mon zéle me force à parler.
JUPITER.
Et de quoy votre zéle ose-t'il se mêler?

B

Je vous mene dans mes voyages,
Pour executer mes meſſages,
Et non pas pour me contrôler.
        MERCURE.

Je vous ai dit ce que je penſe,
Et c'eſt à vous d'ouvrir les yeux
Vous êtes le Maiſtre des Dieux.
Et comme tel exempt de toute dépendance;
Mais l'amour vous retient trop long-temps en ces
   lieux.
        Votre ſéjour doit être dans les Cieux,
          Et pendant une longue abſence,
          Vos affaires n'y vont pas mieux.
        Junon la haut fait la diableſſe à quatre.
        JUPITER.
          En fait-elle moins quand j'y ſuis ?
        MERCURE.
          Le Soleil accablé d'ennuis,
De ce qu'avec Venus, Mars a paſſé deux nuits,
          Eſt contre luy preſt à ſe battre.
          L'amour s'enyvre tous les jours,
          Il a chanté poüille à Minerve,
          Epris d'une amoureuſe Verve,
          Vulcain dance avec les amours.
Dans l'Olympe jamais on ne vit tels vacarmes,
Diane eſt ſans pudeur, la Jeuneſſe eſt ſans charmes,
          Cet étrange dérangement
          A gagné juſqu'au Firmament.
La revolte eſt par tout, les étoiles errantes,
Laſſées de trop courir veulent ſe repoſer,
          Les fixes oſent propoſer,
Que pour les divertir on les rende courantes,
La Lune dans la nuit, refuſe d'éclairer ;
          Momus ennuyé de médire,
Devient Panegyriſte, & quitte la ſatyre.

Les Ris font tout prefts à pleurer,
Et Jupiter ne fonge icy qu'à folâtrer,
A faire le galant , à foûpirer, à rire.

JUPITER.

Je vois bien qu'il eft temps de n'y plus demeurer,
Quelque charmant objet qui m'y retienne,
Il faudra que fur moy je prenne ,
Pour un temps de m'en feparer.

MERCURE.

C'eft bien dit, faifons diligence,
Le temps nous preffe.

JUPITER.

Oh, patience !
Le defordre eft là haut facile à réparer ,
Un feul moment de ma prefence
Dans l'ordre fera tout rentrer.
Mais ici je te puis parler en confidence,
Je crains quelque accident de pire confequence.

MERCURE.

Hâtez-vous donc de me le déclarer,
Dans vos fecrets en confcience,
Sans votre aveu , je n'ofe pénétrer.

JUPITER.

Du plus charmant objet qui foit dans la nature ,
Tu fçais bien que je fuis épris.

MERCURE.

Hé, n'ai-je pas moi-même embarqué l'avanture ?
Mais un peu trop long-temps cette paffion dure ,
Et c'eft de quoy je fuis furpris.

JUPITER.

Ma conftance étonne Mercure.

MERCURE.

Très-fort même, je vous affure,
Prompt à vous laiffer enflâmer,
Parle merite des mortelles.

Je vous ai vû pour vous en faire aimer,
Prendre mille formes nouvelles ;
Mais au bout de quelques inſtants,
En Amant bien ſenſé , vous faiſiez mieux les cho-
ſes :
Et chez vous les Métamorphoſes ,
Auſſi-bien que l'amour , ne duroient pas long-
temps.

JUPITER.

L'amour ne me portoit qu'une legere atteinte ,
J'eſtois alors plus libertin qu'Amant ,
Et d'un trop-long déguiſement ,
J'évitois ainſi la contrainte.
Je me ſuis fait par fois, Serpent, Cigne, Taureau ,
Mais honteux de telle figure ,
Je me hâtois de bruſquer l'avanture ,
Et ne changeois d'objet que pour changer de peau.

MERCURE.

Aujourd'hui dans celle où vous êtes ,
Vous vous aimez bien mieux apparemment ,
Et le plaiſir que vous vous faites
De n'en ſortir que lentement.

JUPITER

Je t'en fais le juge toy-même ,
Pour plaire à la beauté que j'aime,
En riche Courtiſan je me ſuis travelti ,
Malepeſte le bon parti ;
Aux Dieux même il doit faire envie.
Je n'ay jamais rien fait de plus ſage en ma vie.
A peine me ſuis-je montré
L'œil brillant , le tein frais , la bourſe bien garnie.
Avec moy , Plutus eſt entré ,
Les ris , les jeux nous faiſoient compagnie.
Quelques momens aprés chacun s'eſt retiré
Auprés de l'aimable Bergere ,

Presque seule je suis demeuré.
Une Tante vieiliote & qui luy sert de mere,
Fort bonne personne à mon gré,
Avec nous seulement pour la forme est restée.

MERCURE.

A tâcher de vous rendre heureux,
La Tante ne s'est point prêtée.

JUPITER.

Oh que si fait, d'abord j'ay declaré mes feux
Aux genoux de l'aimable Niéce.
J'ay fait le soûpirant, le Pasteur langoureux,
Aux succez de ma tendresse.
La Tante m'a parû d'abord s'interesser,
Moy par égards, par politesse,
Je n'ay point trop voulu presser.

MERCURE.

Je ne vous connois plus, vous devenez tout autre,
Sur un tel changement il faut se récrier :
La Tante a bien fait son metier
Mais vous avez mal fait le vôtre.

JUPITER.

Je veux un peu goûter le plaisir d'être Amant.
Autrefois de mainte Maîtresse,
J'ay triomphé trop aisément;
C'est un bonheur pour moi, tout nouveau, tout
charmant,
D'aimer avec délicatesse.

MERCURE.

Vous filez le parfait amour,
Auprés d'une beauté de tout point accomplie,
Et dans les plus beaux lieux qui soient en Thessalie,
Ayant fixé votre séjour,
Tout vous plaît, rien ne vous ennuye,
Et vous vous promettez qu'un jour,
Vous regnerez dans le cœur de la Belle.

JUPITER.
Ay-je jamais fait de cruelle.
MERCURE.
Tôt ou tard vous ferez content ;
Mais enfin feur d'être aimé d'elle ,
Que craignez-vous en la quittaut ?
JUPITER.
Qu'un autre ne le foit autant ;
C'eft peu d'en être aimé, je la voudrois fidelle ;
Et c'eft un point trés-important,
Pour moy qui veut eftre conftant.
MERCURE.
Faunus vient.
JUPITER.
Que veut-il ?

SCENE II.

FAUNUS, JUPITER, MERCURE.

FAUNUS.

Dans la Foreft prochaine ,
Seigneur, Junon fans fuite eft toute hors d'haleine,
Du Ciel en ce moment ici vient d'arriver.
MERCURE.
Voilà de quoy nous achever.
JUPITER.
Le fâcheux contre-temps.
FAUNUS.
Je la crois informée

Des raisons qui vous font demeurer parmi nous;
Elle paroissoit diablement animée,
Et ce sera bien fait d'éviter son courroux.

JUPITER.

Je sens, à dire vrai, ma tendresse alarmée,
De la sçavoir si prés d'ici.

MERCURE.

J'en suis pour vous fort inquiet aussi.

FAUNUS.

Pour l'objet de votre tendresse,
Seigneur, n'ayez aucun souci.
Je doute qu'elle la connoisse;
Comus, Plutus, Mercure & moy,
Sommes seuls de la confidence,
Et tous quatre, comme je crois,
Avons sçû garder le silence.

JUPITER.

Puisque ma femme est en ces lieux,
C'est pour m'en éloigner une raison puissante.

MERCURE.

Et tout-à-fait déterminante :
Nous allons donc partir pour retourner aux Cieux.

JUPITER.

Vôle, par le premier Mercure,
Et dans le celeste séjour,
Depêche-toy d'annoncer mon retour,
Je te suivrai dans l'instant, je te jure.

Mercure s'envôle.

SCENE III.

JUPITER, FAUNUS.

FAUNUS.

CE départ semble vous fâcher,
Laissez-moy faire, allez, sur ce qui vons regarde,
J'aurai soin de veiller que rien ne vous retarde.

JUPITER.

Observe l'objet qui m'est cher,
C'est un dépôt que je te donne en garde.

FAUNUS.

Junon aura beau la chercher.

JUPITER.

Je sens en m'éloignant à quoy je me hazarde,
A d'autres qu'à Junon il faudra la cacher,
De quelque feu secret je la crois prévenuë

FAUNUS.

Je vous répons de la garder à vûë.

JUPITER.

En maîtresse d'homme important,
Attendant mon retour, je prétends qu'on la traite,
Je veux /....

FAUNUS

Parlez, c'est une affaire faite.

JUPITER.

Qu'elle ait Maître d'Hôtel, Ecuyer, Intèndant,
Force Valets, grand Equipage.

FAUNUS.

Pour une Fille simple, élevée au Village
Dans le grand monde depuis peu ;
Voilà bien du fracas.

JUPITER.

Grande chere & bean feu,
Je le veux.

FAUNUS.

Soit, vous estes bon & sage.

JUPITER

J'en ferois moins si je n'estois qu'un Dieu,
Mais comme homme en credit, parbleu,
Il en faut faire davantage,
Afin de mieux cacher mon jeu.

FAUNUS.

J'apperçois votre Belle.

JUPITER.

Il faut luy dire adieu ;
Car je ne puis luy cacher mon voyage.

SCENE IV.

CORINE, JUPITER, FAUNUS.

CORINE.

AUjourd'hui de ces lieux on dit que vous par-
tez,
Quelle raison vous en écarte ?

JUPITER.

Oüy, Corine, il faut que je parte.

Icy l'amour & vous, envain vous m'arreſtez.
CORINE.
L'amour ſans mon aveu ſe ſert de ma puiſſance,
S'il prend ſoin de vous arreſter.
JUPITER.
Quand vous ne mé marquez que de l'indifference,
Dois-je un ſeul moment héſiter ,
A bannir de votre preſence
Un Amant dont l'ardeur vous gêne & vous offenſe ,
Et que votre fierté s'obſtine à maltraiter.
CORINE.
Malgré les plus doux ſoins, la plus longue con-
ſtance ,
N'attendez jamais de moy ,
Ni foibleſſe , ni complaiſance.
Vous ne pourriez jamais vaincre ma reſiſtance ;
En m'offrant même votre foy.
JUPITER.
Vous changerez d'humeur & de langage ;
Nous autres gens du plus ſublime étage ,
Sommes-nous donc des Epouſeurs.
Rayez cela de vos papiers ; d'ailleurs,
L'hymen eſt moins charmant qu'un tendre badi-
nage ;
Certains engagemens ne nous ſont point permis.
Qu'un grand Seigneur ait la folie ,
De s'engager & faire un bail à vie ,
Dans le haut rang où le Ciel nous a mis ,
Trop heureuſe , qui peut nous avoir pour amis.
CORINE.
Ces ſentimens, ces ſuperbes manieres,
Ne trouveront jamais le chemin de mon cœur.
Qui s'eſtime trop ne plaît guéres ;
Chez nous les plus ſimples Bergeres,
N'aiment point les airs de hauteur.

JUPITER.

Abus, c'eft aux Amans vulgaires,
A craindre une longue rigueur,
Les foins, les prefens en douecur,
Changent le courroux des plus fieres:
L'amour fuccede à la fureur.
Nous trouvons tous les jours cent maîtreffes pour
une,
Et nous devons notre bonheur,
A l'amour moins qu'à la fortune.
Attendez-moy dans ce charmant féjour,
Et comptez que de mon retour,
Je prendrai foin de hâter la journée.

CORINE.

De la fortune & de l'amour,
N'attendez rien même avec l'hymenée ;
Cherchez en voyageant quelqu'autre objet.

JUPITER.

Hé bien !
Je ne veux point ici difputer davantage,
Et ne m'offenfe point de vous trouver trop fage;
Mais quand je reviendrai, fans m'engager à rien,
Peut-être pourrons-nous trouver quelque moyen,
En habillant l'amour comme le mariage,
De mettre votre honneur d'accord avec le mien.
A Faunus. Tu vois bien ce que j'apprehende ,
Et ce que je te recommande.

FAUNUS.

Cela fe devine aifément.
Adieu mon cher.

JUPITER.

Adieu mon cher , adieu charmante.

CORINE.

Jufqu'au revoir,

SCENE V.

FAUNUS, CORINE.

FAUNUS.

L'Abſence d'un Amant,
Va vous rendre ici peu contente.
CORINE.
Je ne me livre pas aux chagrins aiſément.
FAUNUS.
Nous avons à peu prés même temperament ;
Quand le moindre ennuy ſe preſente,
Je le bannis dès le moment.
Quelque part où je ſois point de mélancolie,
Je me livre avec joye aux plaiſirs les plus doux.
Votre Amant part, il fait une folie,
Vous voilà ſeul, à quoy nous divertirons-nous ?
CORINE.
A ce qu'il vous plaira.
FAUNUS.
Mais avec votre ſuite,
Car pour recevoir de viſite,
Néant à l'empêcher, je me ſuis engagé.
CORINE.
C'eſt donc vous que de ma conduite,
En s'éloignant on a chargé.
FAUNUS.
Juſtemement , c'eſt l'emploi que j'ay,
Trouvez bon que je m'en acquite.
CORINE.

CORINE.
Quand moi-même j'aurois pris soin de vous choisir,
Je n'aurois pû mieux faire un homme de mérite,
Qui n'aime qu'à faire plaisir.

FAUNUS.
Oüi, c'est mon seul objet, mon unique desir.

CORINE.
Dans l'état où je suis réduite,
Une tendre pitié vous doit interresser.

FAUNUS.
Comment donc ! que dois-je penser ?
Quel trouble soudain vous agite,
Vous que le départ d'un Amant
Vient de toucher si foiblement ?

CORINE.
L'absence d'un Amant me gêne,
Je m'en deffendrois vainement ;
C'est ce qui fait toute ma peine.

FAUNUS.
Ce n'est donc pas apparemment
Celui qui part dans ce moment.

CORINE.
Sans vouloir chercher à connoistre
L'Amant à qui les Dieux ont soûmis ma fierté,
Laissez-moi m'affranchir de ma captivité :
Souffrez que de ces lieux je puisse disparoistre,
Ce sera servir votre maistre
Que me rendre ma liberté.

FAUNUS.
Par tous vos beaux discours je ne suis point tenté.

CORINE.
Vous êtes insensible aux douleurs d'une Amante.

C

FAUNUS.

M'en laiſſer émouvoir ſeroit trop hazarder.
      Sans adieu. Voilà votre tante,
Je m'en vais redoubler mes ſoins pour vous gar-
      der.

SCENE VI.

CORINE, JUNON *ſous la figure de la Tante.*

CORINE.

JE perds tous les ſoins que je tente,
      Merope vient, elle ſçait mes ſecrets,
Et n'eſt point dans mes intereſts.
JUNON.
      Qu'avez-vous, ma chere Corine?
Je vous trouve rêveuſe, inquiette, chagrine,
Pourquoy d'un riche Amant mépriſez-vous les
      vœux?
Votre fierté déja l'écarte de ces lieux,
      On dit qu'un autre objet l'enchaîne.
CORINE.
Hé pourquoi s'éloigner! ſans me faire de peine
Il pouvoit l'aimer à mes yeux.
JUNON.
      Vous êtes donc pour lui bien peu ſenſible.
CORINE.
On ne peut l'être moins, ma Tante, aſſurément.
JUNON.
      Comment, ma Niéce, eſt-il poſſible?

Il vous aime fi tendrement:
Il a tant de biens en partage,
Il vous en fera part fi liberalement.

CORINE.

Ah! qu'il en faffe un autre ufage.
Ses offres, fes préfens, de fa part tout m'outrage.
C'eft affez qu'il ait crû pouvoir impunément
M'addreffer un indigne hommage,
Sans craindre mon reffentiment.

JUNON.

Si de retour de fon voyage
Il nous venoit fincerement
Vous demander en mariage,
Le refuferiez-vous, ma niéce?

CORINE.

Abfolument.

JUNON.

Dans l'efpoir même du veuvage?

CORINE.

Dût-il ne vivre qu'un moment.

JUNON.

Que je te fçay bon gré d'un pareil mouvement!
Et quelle joye eft églale à la mienne!
Dans ces bons fentimens que le Ciel t'entretienne,
Approches-toy. Viens-çà. Que cet embraffement
De tes chagrins te récompenfe.
Il faudra pendant fon abfence
Faire tous nos efforts pour nous fauver d'icy.

CORINE.

Qu'heureufement enfin je retrouve ma tante,
C'eft-là l'unique efpoir qui flatte mon attente!

JUNON.

C'eft le plus grand bonheur dont je me flatte auffi.

CORINE.

Mais comment pourrons-nous affurer notre fuite?

Ma chere Tante, où sommes-nous ?
Des inconnus en ces lieux m'ont conduite
Malgré moy, presque malgré vous.
Ce sejour est-il prest ? est-il loin de Larisse ?
En nous sauvant où fuir ? où nous cacher ?
Quel azile irons-nous chercher ?

JUNON.

Que notre dessein reüssisse,
Je te réponds d'un azile asluré.

CORINE.

Nous n'y serons jamais assez tost à mon gré.

JUNON.

Avant qu'il soit peu je t'y mene.

CORINE.

Ma Tante, y verrons-nous Philene ?

JUNON.

Philene, il est jeune & charmant,
J'aime à te voir l'aimer si tendrement.

CORINE.

Que mon absence lui fait peine !
Helas ! ma Tante, en ce moment
Peut-estre me croit-il volage ?
Son cœur souffre un cruel tourment.
Il faut que mon retour au plûtost le soulage.
Aux Autels de l'Amour nous avons fait serment
De nous aimer fidelement.
Nous nous sommes donné nos portraits pour
    ôtage
D'un mutuel attachement.
Accordez-nous votre suffrage,
Et rendez heureux cet Amant.

JUNON.

Je réponds de l'évenement :
Va m'attendre dans ce bocage.

CORINE.

Je compte donc sur vous, ma Tante, absolument.

SCENE VII.

JUNON *seule.*

ENfin sous ce déguisement
Ma Rivale me croit sa tante,
Je sçay son secret sentiment,
Junon, tu dois estre contente;
Et ton perfide Epoux n'a point touché son cœur.
Elle eût esté pourtant la victime innocente
D'une trop vive & jalouse fureur,
Si Bacchus à propos ne m'avoit avertie,
Que ni lui ni l'Amour n'étoient de la partie.
Jupiter & l'Amour sont broüillés, que je croy.
Assez souvent ensemble ils ont querelle :
Profitons-en, l'occasion est belle.
Pour l'engager à travailler pour moi,
Approchez, Amour.

SCENE VIII.

L'AMOUR, JUNON, L'INCONSTANCE.

L'AMOUR.

Ciel ! eſt-ce Junon ?

JUNON.

C'eſt elle.

L'AMOUR.

Dans cet équipage nouveau,
Pardonnez, ſi pour vous connoiſtre,
Il a fallu quitter tout-à-fait mon bandeau.
Sous ce déguiſement qui vous force à paroiſtre ?
Pourquòy vous traveſtir ainſi ?

JUNON.

De la tante de Corine
J'ay pris l'habillement, la figure & la mine,
Afin de m'introduire icy ;
Et cependant d'abord vous m'avez reconnuë.

L'AMOUR.

Je ne ſuis pas ſi fort aveugle que l'on dit :
Sans le bandeau j'ay bonne vûë,
Avec le bandeau bon eſprit.

JUNON.

J'ay, ſans en avoir fait aucune experience,
Très-bonne opinion de votre habileté.
Mais qui voi-je avec vous ? N'eſt-ce pas l'In-
conſtance ?

L'AMOUR.
Elle ne m'a que rarement quitté,
Non-plus que sa sœur la Folie.
JUNON.
Vous menez avec vous fort bonne compagnie.
L'INCONSTANCE.
Lui plaire est notre unique loy :
Nous le servons avec un zele extrême :
Nous sommes les soûtiens de son pouvoir suprê-
me.
Ma Sœur conseille, & j'execute moy.
JUNON.
Il a vrayment en vous deux excellens ministres.
Aprés cela je ne m'étonne pas
De tant d'évenemens sinistres
Qu'on voit là haut comme icy-bas.
L'AMOUR.
Doucement, s'il vous plaist, Déesse ;
Gardez de la mettre en courroux.
Dans le soin qui vous intéresse
Vous pourriez bien avoir besoin de nous.
JUNON.
Oüi de vous, il est vray, vous m'êtes necessaire :
Mais l'Inconstance icy pourroit me déranger ;
A peu de frais elle peut m'obliger,
En ne se mêlant point du tout de cette affaire.
L'INCONSTANCE.
Dans cette occasion il faudroit m'engager
Pour le moins, Déesse, à me taire.
Et quand de votre Epoux vous voulez vous vanger,
Votre projet a besoin du mystere.
L'AMOUR.
Il faut faire encor plus, si vous me voulez plaire ;
Corine aime un jeune Berger,
Le Berger aime la Bergere.

Gardez de les faire changer ;
Respectez l'ordre que je donne :
N'approchez jamais de leur cœur,
Executez à la rigueur
Tout ce que l'Amour vous ordonne.

L'INCONSTANCE.

Vous serez obéi, Seigneur.

SCENE IX.

L'AMOUR, JUNON.

L'AMOUR.

Voyez à vous servir combien je m'intéresse,
　　J'en fais mon plaisir le plus doux.
Cependant à parler franchement entre nous,
　　Nous nous connoissons peu, Déesse,
Et je n'ay presque point eû d'affaire avec vous.

JUNON.

　　Presque point ? Retranchez, de grace,
　　Ce terme-là de vos discours,
　　Il n'est point du tout à sa place.
Est-il quelque vertu que la mienne n'efface ?
　　Je n'ay jamais frequenté les Amours.

L'AMOUR.

Vous avez perdu de beaux jours.

JUNON.

Je n'en regrette point la perte.

L'AMOUR.

L'occasion d'aimer n'arrive pas toûjours ;

Je vous l'ay quelquefois offerte;
La fageffe chez vous devroit finir fon cours :
Si je l'ay trop long-temps foufferte.
D'un excés de fierté je me laffe à la fin,
Tôt ou tard j'en prendray vengeance.
Il eft reglé par le deftin
Que tous les cœurs fentiront ma puiffance :
Dans le vôtre fans refiftance
Laiffez - moy prendre un droit qui m'eft
certain.

JUNON,
Quittez un ftile fi badin,
Comptez, Amour, que Junon s'en offenfe.

L'AMOUR.
Votre peu de complaifance
Devroit être payé par un pareil dédain.

JUNON.
Dédain foit. Mais qu'enfin mon projet réuffiffe,
Il faut fans intereft me rendre icy fervice,
Pour faire enrager mon Epoux,
Epoufer mes tranfports jaloux.

L'AMOUR.
Ce feroit vous fervir d'office.
Tout coup vaille, à Plutus fur moy
Il a donné la préference.
Mais je feray vangé; car j'en jure ma foy
Il en verra la difference.
Depuis qu'un temps prefqu'en toutes les
Cours
Il femble aux gens qui font dans l'opulence,
Pour réuffir dans leurs amours,
Qu'il ne leur faut l'appui que du Dieu des richeffes;
C'eft à lui feul qu'ils ont recours :
Et pour toucher les cœurs de leurs Maîtreffes,
Ils penfent n'avoir pas befoin de mon fecours.

Je leur feray bien sentir le contraire,
    Et l'on n'a qu'à me laisser faire.
D'un violent dépit je me sens animer,
    Je ne puis faire que les belles
    A qui l'on donne soient cruelles,
    L'éclat de l'or peut les charmer,
    Et l'exemple le justifie.
Mais, Messieurs les donneurs, parbleu je vous défie
Sans moy de réussir à vous en faire aimer,
    Il faut que Jupiter l'éprouve.
Il s'est d'un jeune objet follement entêté ;
    Je veux qu'à son retour il trouve
    Son projet pour elle avorté.

JUNON.

Qu'à ce ressentiment Junon est redevable!
Vous remplirez ainsi mes souhaits les plus doux.

L'AMOUR.

Oüi. Mais d'un Dieu puissant je brave le courroux.
Que ferez-vous pour moi quand je fais tout pour
    vous ?
    En deviendrai-je à vos yeux plus aimable ?
    Lorsque vos vœux seront comblez,
    Serez-vous toûjours intraitable ?

JUNON.

Helas !

L'AMOUR.

    Hé quoy ! vous vous troublez ?

JUNON.

Laissez-moi.

L'AMOUR.

        Déesse adorable,
De grace, expliquez-vous, parlez.

JUNON.

Je crains d'être trop pitoyable.

L'AMOUR.

Que faut-il que j'espere?

JUNON.

Allez.
Vengez-moy d'un Epoux coupable,
Tout réuſſit toûjours quand vous vous en mêlez.

L'AMOUR.

Pour vous plaire il n'eſt rien dont je ne ſois ca-
ble,
Et vous reconnoîtrez mes ſoins , ſi vous voulez.

JUNON.

Si de mes intereſts vous prenez la conduite,
Je compte ſur la réuſſite.
Mais Faunus vient chercher Corine dans ces lieux;
Sous ces traits empruntez il faut tromper ſes yeux.

SCENE X.

JUNON, FAUNUS.

FAUNUS.

COmment donc , Madame la tante,
Pourquoi me devancer ainſi ?
Vous me ſemblez vrayment bien diligente,
Je vous quitte là-haut , & vous retrouve icy.

JUNON.

A force de courir j'ay perdu preſque haleine,
De Corine j'étois en peine.

FAUNUS.

J'en étois preſqu'en peine auſſi,
C'eſt icy que je l'ay laiſſée.

JUNON.

Bien promptement elle s'eſt éclipſée,
Je crains......

FAUNUS.

C'eſt vainement que vous vous allarmez,
Et ces Jardins ſont bien fermez.
Sans une puiſſance divine
On ne ſçauroit penetrer en ce lieu ;
Et je ne penſe pas qu'un Dieu
Songe à nous enlever Corine.

JUNON.

Comme vous je me l'imagine.
Mais afin d'adoucir un peu
Le chagrin qu'elle a de l'abſence
De l'Amant qui la tient icy ſous ſa puiſſance.

FAUNUS.

Ce qu'elle en fait paroiſtre n'eſt qu'un jeu,
Je ſçay ce qu'il faut qu'on en penſe.

JUNON.

Moi j'en juge par l'apparence,
Et voudrois que de vôtre aveu
On fit effort pour la diſtraire
Des dangereux égaremens
Qui me paroiſſent trop lui plaire.

FAUNUS.

Oüy, voilà le nœud de l'affaire,
J'entre dans vos ſentimens,
On l'a confiée à ma garde.

JUNON.

Ce ſoin comme vous me regarde.

FAUNUS.

Elle a pour s'échaper quelque mauvais deſſein.

JUNON.

Peut-eſtre..... ma franchiſe à moy vous eſt con-
nuë.

       FAUNUS.

FAUNUS.

Pour cela oüy, j'en suis certain.
Mais j e la vois paroistre au bout de l'avenuë,
Songeons à l'amuser sans la perdre de vûë.

JUNON.

Pour nous tromper tous deux il faut être bien fin.

FAUNUS *en s'en allant.*

Et se lever de bon matin.

SCENE XI.

JUNON *seule.*

JE vois dans ces bosquets la véritable Tante,
Disparoissons. Il seroit dangereux
Qu'icy Faunus nous vist ensemble toutes deux,
Ses soupçons troubleroient le dessein que je tente.
Mais une musique galante
Des plus doux sons fait retentir les airs :
De Nymphes, de Bergers une troupe charmante
Forme ces aimables concerts.
Avec eux déguisé, l'Amour conduit la feste
Invisible & présente à tout.
Attendons en repos le succés qu'il m'apprête,
Est-il quelque projet dont il ne vienne à bout.

DIVERTISSEMENT.

Plusieurs Nymphes & Bergers descendent du haut du Coteau.

L'AMOUR déguisé, PHILENE, PHILIS,
Troupe de Nymphes & de Bergers.

MARCHE.

L'AMOUR chante.

Animez-vous d'un nouveau zele,
Formez icy d'aimables jeux,
N'entendez-vous pas qu'en ces lieux
L'Amour lui-même vous appelle.

ENTRE'E de Philene & de Corine. }

SCENE XII.

CORINE, FAUNUS, MEROPE.

FAUNUS.

Bergers, trouvez bon qu'en ces lieux
On prenne part à vos aimables jeux.

CORINE.

J'ay revû mon Berger, Philene, il m'est fidelle.

PHILENE.

Je retrouve Corine, ô Berger trop heureux !

MEROPE.

Philene icy, quelle surprise ! ah Dieux !

PHILENE.

En la voyant mon feu se renouvelle.

MEROPE.

Sans faire aucun éclat, observons-les tous deux.

PHILENE.

Amour tu me la rends plus belle,
Rends-la constante & sensible à mes feux.
J'en suis sûr, & je lis mon bonheur dans ses yeux.

Il chante.

La constance icy tient sa cour,
Les chagrins, les peines cruelles
N'approchent point de cet heureux séjour :
C'est un domaine de l'amour
Qui n'est ouvert qu'aux cœurs fidelles,

PHILIS.

L'Amour est un Dieu charmant
Dont le pouvoir s'étend sur tout ce qui respire.

Ne craignons point de prendre un tendre enga-
gement,
   Quand c'eſt l'Amour qui nous l'inſpire,
   On eſt heureux ſous ſon Empire,
   Lorſqu'on ſçait aimer conſtamment.

PHILIS & PHILENE.

Ne quittons point ces aimables retraites;
C'eſt pour les cœurs conſtans qu'elles ſont
  faites :
  Paſſons icy nos plus beaux jours,
Eloignons-en les volages amours.

PHILENE & TIRCIS reprennent les
quatre Vers cy-deſſus.

Ne quittons point ces aimables retraites, &c.

Pendant cette repriſe Faunus & Merope parlent bas
enſemble ; & quand l'Air eſt fini

FAUNUS dit aux Bergers.

Comment donc, vous croyez ici faire les maiſtres?
  Allez ailleurs paſſer vos plus beaux jours,
   Dans vos hameaux ou ſous vos heſtres.
Vous en pourrez chaſſer les volages Amours,
Mais ne revenez pas en ces lieux davantage.

PHILENE.

Nous avons crû vous divertir.

MEROPE.

Le beau régal, prenez un parti ſage,
Et dépêchez-vous de partir.

CORINE *à Merope.*

Mon Amant n'eſt point volage,
Notre amour eſt en ſeureté.

MEROPE.

Qu'eſt-ce à dire ?

FAUNUS.

Rentrons, nous. Ces gens de village
Sur l'amour, la fidelité,
Tiennent toûjours un fot langage,
Et qui ne convient point aux gens de qualité.

Fin du premier Acte & du Divertissement.

ACTE II.

SCENE PREMIERE.

CORINE *seule.*

TOUT m'est suspect ici, comme j'y suis
    suspecté,
      En m'outrageant, on m'y respecte;
On lit dans mes regards, on observe
    mes pas.
      La tranquilité que j'affecte
Fait naître des soupçons qu'elle ne détruit pas.
      Avec un peu trop d'imprudence,
      D'une tendre & fidelle ardeur,
    A mon Argus j'ai fait la confidence;
Et ma Tante n'a feint d'approuver ma constance
Que pour mieux pénétrer les secrets de mon cœur,
      En quel état suis-je reduite ?
      Amour ce cœur se livre à toy :
Déterminée à suivre aveuglément ta loy ;
      Je m'abandonne à ta conduite.
      Philene a mon cœur & ma foy,
L'ardeur de son rival & me gêne & m'irrite,
      Son retour seul m'inspire un juste effroy.
Daigne loin de ces lieux faciliter ma fuite,

Ou que mon Berger à ta suite,
Amour, comme tantôt se montre devant moy.

SCENE II.

MEROPE, CORINE.

MEROPE.

Comment donc, vous parlez toute seule, ma
    niéce ?
Les yeux au Ciel & pleine de ferveur,
Je ne sçais à quel Dieu la priere s'adresse ?
    Mais elle est faite avec ardeur.
CORINE.
Vous ne vous trompez point ma Tante,
J'adressois mes vœux à l'amour,
Je le conjurois qu'en ce jour,
Il voulut me rendre contente ;
Et vous-même tantôt paroissiez-vous prester
    A tout ce qui peut me flatter.
MEROPE.
Je m'y preste, il est vrai, parce que je vous aime,
Et je ne comprens pas quelle fatalité
    Vous y fait résister vous-même.
CORINE.
Je n'ai point d'autre objet, ma Tante, en verité,
    De mes sentimens informée
Vous-même icy tantôt les aviez approuvez.
Je m'en tenois heureuse, & mon ame charmée.

MEROPE.

Allez ma Niéce , vous rêvez,

CORINE.

Je vous ai déclaré la haine ,
Que j'ay pour ce nouvel Amant.

MEROPE.

Et J'approuvois cela , moi , ma Niéce ?

CORINE.

Oüy vrayment.
Je vous ai découvert mon amour pour Philéne.

MEROPE.

Je l'approuvois aussi peut-estre ?

CORINE.

Assurément

MEROPE.

De sa premiere ardeur son ame est toûjours pleine.

CORINE.

Comme moy sensible à la peine ,
Que me fait son éloignement ,
Vous me devez aider à sortir de la chaîne,
Qui me retient esclave en ces lieux.

MEROPE.

Justement.
J'aurois donc perdu sens , esprit , & jugement ,
Depuis que de l'aveu de toute la famile ,
Orpheline , & petite-fille ,
Vous fûtes commise à ma foy,
J'ay toûjours eu pour but votre fortune , & croy
N'avoir rien negligé de ce qui la peut faire :
A mon exemple , il faut vous en faire une loy ,
Un riche Amant cherche à vous plaire.
Sans parler d'épouser , d'abord cela fait peur,
Et la chose n'est pas dans la regle ordinaire
On le prend pour un Séducteur
Pour ne pas s'expliquer en soûpirant vulgaire :

Et c'eſt ce qui fait votre erreur.
Sans manquer au devoir il eſt une maniere
De s'accorder à ſon humeur.
Il ne faut eſtre en pareille matiere,
Ni trop facile, ni trop fiere.
Par des refus adroits on irrite l'ardeur;
Si l'Amant devient temeraire,
On le contient par la pudeur :
S'il ſe plaint de trop de rigueur,
Un tendre regard la modere;
S'il eſt humble, timide, un ſourire flatteur
L'anime, & luy dit qu'il eſpere.
Enfin, pour s'aſſurer un cœur,
Qui doit faire notre bonheur,
Il eſt, ma chere enfant, un petit ſçavoir faire
Dont on ſe peut ſervir, ſans bleſſer ſon honneur.
Par les appas d'une feinte tendreſſe,
Un Amant ſe laiſſe amuſer,
La moindre petite careſſe
Faite à propos, ſuffit pour l'abuſer.
Du porte-feüille ainſi l'on ſe rend la Maîtreſſe;
L'Amant qui court aprés eſt forcé d'épouſer.
Voilà comme il faut vous conduire,
Pour aſſurer votre fortune un jour.
Ecouter la raiſon, faire taire l'amour.
Vous eſtes jeune, & l'on peut vous inſtruire.
CORINE.
Ma Tante, que m'oſez dire ?
Quels preceptes ? quel changement?
Vous me parliez tantôt ici tout autrement.
Dans quel trouble nouveau votre diſcours me
plonge !
Je croyois voir par vous mon bonheur achevé :
Eſt-ce que je reſve ? eſt-ce un ſonge ?

MEROPE.

Non, vous ne refvez pas, mais vous avez refvé ;
Sortez de cette refverie ,
Et fongez qu'il n'eft point de Philéne pour vous :
Suivez mes confeils , je vous prie ,
Votre nouvel Amant deviendra votre Epoux.
De vos regards que l'autre fe bannife ,
Il faut que fon amour finife ,
Pour n'effuyer pas le courroux
D'un rival puiffant & jaloux.

CORINE.

Nous braverons tous deux fon pouvoir, fa colere.

MEROPE.

Et c'eft là juftement ce qu'il ne faut pas faire.
Que l'on a peu d'efprit dans la jeune faifon !
On n'eft que feu , que pétulance.
On ferme par impertinence
Les yeux à l'intereft l'oreille à la raifon :
De l'amour à longs traits l'on fuce le poifon.
Comme vous dans mon temps, j'ai fait même fot-
tife ;
Mais quoy ? je n'avois pas un confeil auffi-bon.
Je me conduifois à ma guife.
En fuis-je mieux ? en ai-je mieux fait ? non.
La beauté du Ciel eft un don
Dont il faut fe fervir, tandis qu'elle eft de mife.
Si j'avois fçû ce que je fçais ,
Je ferois à prefent Grand-Dame ;
De mon mary jamais je n'euffe efté la femme.
Mes premiers feux auroient efté bien mieux placez.
De bons partis s'offroient affez.
Je les refufai tous. D'une amoureufe flâme ,
Votre Oncle avoit rempli mon ame ,
De tous mes foins luy feul eftoit l'objet.
J'eftois pour luy d'amour toute troublée ,

Je crois que le Pendart m'avoit enforcelée.
L'aimer, luy plaire, estoit mon unique souhait;
Et du bonheur le plus parfait,
En l'épousant je me croyois comblée.
J'en fus au desespoir dès que cela fut fait.
Par cet exemple-là vous devez estre instruite.

CORINE.

Aussi, je le veux suivre en tout exactement,
Vous avez aimé tendrement,
Vous voyez que je vous imite.
Jusqu'à la fin j'aurai même conduite.
Je prétens comme vous épouser mon Amant:
J'en fais tout mon bonheur, tout mon attache-
ment;
Si par hazard j'en ay du chagrin dans la suite,
Pour m'en desesperer, n'en serai-je pas quitte?

MEROPE.

Et c'est ce que je veux prévenir justement.
Quelle étrange bizarerie!
Mais je vous guérirai de cet entestement.

CORINE *en s'en allant.*

Comme vous en fûtes guérie,
Ma Tante, & jamais autrement,

SCENE III.

MEROPE *seule*.

HOm ! La petite ridicule ;
Quelle cervelle ! il faut pourtant
Tâcher de moderer cette ardeur qui la brûle,
Et qui va toûjours s'augmentant.
Pour peu que l'on tarde à l'éteindre,
L'abſent à ſon retour n'en ſera pas content.
D'un feu ſi violent les ſuites ſont à craindre,
Et nous ne ſommes pas de race à nous contraindre;
Je la blâme tout haut d'avoir un cœur conſtant.
Et je ſens en ſecret que j'ai tort de m'en plaindre,
Moy-même j'en ferois autant.

SCENE IV.

FAUNUS, MEROPE.

FAUNUS.

QUoy ſeule ! où donc Courine eſt-elle, je vous
prie ?

MEROPE.

Je la quitte dans le moment.

FAUNUS.

FAUNUS.
A diffiper fa réverie,
Nous nous employons vainement.

MEROPE.
Oüy, je penfe qu'il faut changer de batterie ;
Les plaifirs m'ont paru la toucher foiblement.
Toute jeune qu'elle eft la fortune l'entête ;
Et quand par de brillans appas
Du cœur de votre Maître, elle a fait la conquefte
Ce qui caufe notre embaras,
C'eft d'ignorer quel fort il s'apprefte à nous faire.
Nous avons nombre de parens,
Qui par la difgrace des temps,
Loin d'avoir fait fortune, ont fait tout le contrai-
re,
La plûpart dans l'adverfité.

FAUNUS.
Bon, tant mieux, avec nous voilà comme il faut
eftre.

MEROPE.
Le mariage une fois contracté,
Cela ne feroit pas d'honneur à votre Maître.
Il ne feroit pas bien quand on verra paroître
Ma Niéce avec luy dans l'éclat,
Qu'il laiffât la famille en un certain état.

FAUNUS.
Non, non, ne craignez point que cela luy con-
vienne,
La malepefte, allez, mon Maître n'eft pas fat.
Que n'a-t'il point fait pour la fienne ?
Il avoit un coufin, manant, faquin, pied-plat,
Par fon credit & par fon opulence,
Il en fit en fix mois un Seigneur d'importance.
Il eftoit fans honneur & chacun l'honora,
Il eftoit fat, on l'admira :

E

Tous ses défauts trouverent grace,
Et le monde aisément comprit
Qu'il n'estoit ni de noble race,
Ni de merite, ni d'esprit,
Mais parent de quelqu'homme en place.
Oh! mon Maître par là fit bien voir son credit.

MEROPE.

Il faudra pour nous qu'il l'employe.

FAUNUS.

Il le fera, j'en suis seur, avec joye.
Il fait pour ses amis toûjours tout ce qu'il peut,
Et le bon de l'affaire est qu'il peut ce qu'il veut.

MEROPE.

Bon, nous avons dans la famille,
Un Procureur Fiscal, un Commis de Greffier.

FAUNUS.

Bons sujets!

MEROPE.

Deux Clercs, un Huissier,
Qui d'un de nos cousin vient d'épouser la fille.

FAUNUS.

Ah! fort bien, ce sont là des gens bons à placer,
Qu'il est facile d'avancer.
Dans le chemin de la fortune;
Ils marchent à pas de Géant,
Et presque au sortir du néant,
En peu de temps ils en font une.
Il semble que le Ciel se plaise à les vanger,
Du mépris que pour eux certains sots font paroî-
tre,
Et cherche à les dédommager
Du peu qu'il les avoit fait naître.

MENOPE.

Selon moy le Ciel fait fort bien.

FAUNUS.

N'est-il pas vray ? sagement il dispense
De la noblesse aux uns, aux autres de l'opulence;
Il satisfait ainsi chacun par ce moyen

MEROPE.

Oüy, mais j'aimerois mieux tenir de sa sagesse,
De l'opulence sans noblesse,
Que de la noblesse avec rien.

FAUNUS.

Vous avez bon esprit, & c'est fort bien l'entendre;
Mais qui vient brusquement nous troubler en ces
lieux.

SCENE V.

BACCUS, FAUNUS, MEROPE.

BACCUS.

Servons Junon de notre mieux,
Et faisons le bonheur d'un cœur fidele & tendre,
Malgré le Souverain des Dieux.

FAUNUS.

Ah ! morbleu, c'est Baccus, qu'auroit-il à m'apprendre ?

BACCUS.

Dans ce séjour délicieux,
Notre Maistre bien-tôt tâchera de se rendre;
Mais de quelque côté que je tourne les yeux,
Je ne vois point ici la beauté qu'il adore.
Est-elle renfermée en son appartement ?

MEROPE.

Un noir chagrin qui la devore,
Fait que dans ces jardins on la voit rarement,
Mais vous avez apparemment
Quelque meſſage amoureux à luy faire.

BACCUS.

Oüy, de la part de ſon Amant,
Dites-luy que dans le moment,
Il arrive un Courier fort extraordinaire.

SCENE VI.

FAUNUS, BACCUS.

FAUNUS.

BAccus ici pour quelque affaire ?

BACCUS.

Pour la même à peu près dont vous êtes chargé.

FAUNUS

Quoy ! comment donc ?

BACCUS.

Pour moy ce n'eſt plus un Myſtère,
Et je viens vous trouver, ſuivant l'ordre que j'ay,
De ſervir les amours de Jupiter mon Pere,
Auprès de l'aimable Bergere,
Qui ſous ſes Loix tient ſon cœur engagé.

FAUNUS.

De ſentiment, il faut qu'il ait changé,
Car c'étoit un ſecret que nous voulions vous taire.

BACCUS.

Oüi, mais il ſe trouve obligé,

Ou par choix, ou par confiance
De m'en faire la confidence.
Tandis qu'avec Mercure occupé dans les Cieux,
Parmi les Aftres & les Dieux,
Il tâche à rétablir l'heureufe intelligence
Qui doit toûjours regner entre eux,
Et qu'avoit depuis peu dérangé fon abfence.
Le féjour qu'ici fait Junon,
L'allarme & le tient en cervelle,
Et ce n'eft pas tout à fait fans raifon.
Il connoît la bonne immortelle,
Et tremble qu'à l'objet de fon nouvel amour,
Elle ne faffe un mauvais tour.

FAUNUS.

S'il eft pour l'empêcher des mefures à prendre,
Que ne les prenoit-il avant que de partir;
Ne prévoyoit-il pas ce qu'il devoit attendre,
Il n'avoit qu'à m'en avertir.

BACCUS.

Il a, tout Dieu qu'il eft, tant d'affaires en tefte
Qu'il ne peut pas fonger à tout.

FAUNUS.

Oh! quelque mauvais tour que Junon nous apprefte,
De m'en garder je viendrai bien à bout.

BACCUS.

Pour vous bien feconder je ferai mon poffible.

FAUNUS.

Je prévois aifément tout ce qu'on peut tenter.

BACCUS.

Et moy donc ? mais pour l'éviter,
Il faut rendre Corine aux Dieux même invifible,
Et faire que Junon qui voudroit l'enlever,
Ne fçache où pouvoir la trouver.

FAUNUS.

Le tour seroit assez risible,
Et le projet est bon. Mais comment l'achever ?

BACCUS.

J'apporte pour le faire un moyen infaillible,
Et ce petit Ecrin renferme un Diamant,
Un Anneau constellé, dont le charme invincible,
    A tous les yeux cache dans le moment,
    Quiconque au doigt le porte seulement.
Il ne faut qu'à Corine en apprendre l'usage :
    Et de la part de son Amant,
    Luy donner ce present pour gage,
    D'un éternel attachement.

FAUNUS.

    Mais que diantre pensera-t-elle ?
Jupiter à ses yeux paroit un gros Seigneur,
    Elle va le croire Enchanteur :
    Pour toucher le cœur d'une belle,
    C'est un assez mauvais moyen.

BACCUS.

    Se peut-il que Faunus oublie,
    Que nous sommes en Thessalie ?
    Estre ici Sorcier, ce n'est rien,
    C'est le païs de la magie.

FAUNUS.

    Il est vray, je m'en ressouviens.

BACCUS.

    Voilà l'Ecrin, prenez soin de luy rendre.

FAUNUS.

Peut-estre elle fera quelque difficulté.

BACCUS.

Il ne faut qu'exciter sa curiosité,
C'en est assez pour le luy faire prendre.

SCENE VII.

CORINE, BACCUS, FAUNUS.

BACCUS.

FAsché d'estre éloigné de vos jeunes appas,
Votre Amant en ces lieux , m'a fait porter mes
  pas,
  Pour vous y donner assurance ,
  Que l'éloignement, ni l'absence
D'un cœur constant ne vous éloignent pas.
CORINE.
Je ne merite pas tous les soins qu'il se donne, .
  Ni ceux que l'on prend d'empêcher
  Que personne puisse approcher
  De ces lieux où l'on m'emprisonne;
  C'est me donner de son amour
  Un assez fâcheux témoignage ;
Et la contrainte est un triste présage
De mon malheur, si l'hymen quelque jour
  Me mettoit sous son esclavage,
BACCUS.
  Peut-on trop précieusement ,
  Garder un objet si charmant?
Epris pour vous de la plus vive flâme,
Il sçait qu'à son ardeur on veut vous enlever;
Le blâmez-vous des soins qu'il prend pour con-
server
  La beauté qui regne en son ame,

CORINE.

Vouloir la conferver ainfi ,
C'eft prefque en affurer la perte ;.
Et fi de m'éloigner d'ici ,
L'occafion m'étoit offerte . . . .

FAUNUS.

Juftement, attendez-vous-y,
Nous laifferons la porte ouverte,

BACCUS.

Aux yeux de tout le monde, il voudroit|vous ca-
cher ,
Il craint que dans cette retraite ,
De fes deffeins fa famille inquiéte ,
Pendant qu'il eft abfent ne vienne vous chercher.
Qu'un enlevement ne les mette
En état un jour d'empêcher
L'hymen qu'en fecret il projette.

CORINE.

Je n'approuve point fes projets :
De ma part vous pouvez luy dire ,
Que cet hymen n'a rien qui flatte mes fouhaits.

BACCUS.

Je n'ay garde de l'en inftruire ;
Je fuis difcret , & je vous le promets.

CORINE.

Le plus grand bonheur où j'afpire ,
C'eft qu'il le fçache , & ne le voir jamais.

BACCUS.

Un tel difcours a droit de me furprendre ,
Il ne merite pas un pareil traitement.
On a quelque prefent de fa part à vous rendre ;
Recevez-le de grace un peu plus poliment,
Que vous n'avez reçû mon compliment.

SCENE VIII.

CORINE, FAUNUS.

CORINE.

DEs presens de sa part, suis-je fillé à les pren-
dre ?
Et me croit-il sensible à l'interest ?
Est-ce par là que l'on rend un cœur tendre ?

FAUNUS.

Il auroit tort de le prétendre :
Quoique dans cet Ecrin....

CORINE.

Ouvrez-le, s'il vous plaît.

FAUNUS.

C'est ce qu'avec grand soin l'on vient de me défendre.

CORINE.

Montrez-moy.

FAUNUS.

Point.

CORINE.

Voyons seulement ce que c'est.

FAUNUS.

Acceptez le present.

CORINE.

Non je ne le puis faire.

FAUNUS.

Ny moy ne suivre pas l'ordre qu'on m'a dicté.

CORINE.
C'eſt avoir peu d'honneté.

FAUNUS.
Oüy, j'en conviens, je n'en ai guére.

CORINE.
Je voudrois bien pourtant pouvoir me ſatisfaire.

FAUNUS.
Hé bien, épargnez-vous un ſcrupule affecté.
Tant de grimace eſt fort peu neceſſaire.

CORINE.
Mais on ne vous a pas ordonné de vous taire,
Dites-moy....

FAUNUS.
Volontiers, c'eſt un ajuſtement
Qu'on peut prendre dans cette affaire:
Oh bien donc! ce coffret renferme un Diamant.

CORINE.
Je ne veux pas en ſçavoir davantage.

FAUNUS,
Un anneau?

CORINE.
Voilà juſtement
Ce que j'ay ſoupçonné dès le premier moment.

FAUNUS.
Oüy, mais de cet anneau vous ignorez l'uſage.

CORINE.
Oh, je le devine aiſément,
Qui reçoit un preſent, s'engage,
Et je ſçai que du mariage,
Une bague acceptée eſt le commencement.

FAUNUS.
N'en craignez point l'évenement,
Le diamant ne peut eſtre que magnifique;
Mais ce n'eſt rien que la beauté.
Par une puiſſance magique,

A votre doigt l'anneau porté,
Dans l'inſtant vous rend inviſible,
Et l'on ne vous revoit qu'après qu'il eſt ôté.
CORINE.
Que dites-vous ?
FAUNUS.
La verité.
CORINE.
Aux charmes, je le crois, il n'eſt rien d'impoſſi-
ble,
Et je n'en ai jamais douté :
Sans en avoir pourtant vû nul effet ſenſible,
Je ſouhaiterois fort . . . .
FAUNUS.
Ce n'eſt point fauſſeté,
Le Taliſman eſt infaillible.
CORINE.
Voyons, donnez . . . au moins, c'eſt curioſité.
FAUNUS.
Au plaiſir de la nouveauté,
Eſt-il un cœur inacceſſible ?
Voilà le preſent accepté.
CORINE.
Je n'ouvre cet Ecrin que d'une main tremblante,
Que vois-je ? Quel brillant objet ?
C'eſt un menſonge qu'on m'a fait.
Et cette lumiere éclatante,
Doit produire un contraire effet,
FAUNUS.
Comment donc, s'il vous plaît, croyez-vous que
je mente ?
CORINE.
Non, mais mettez-le un peu, j'en veux faire
l'eſſay,
Je verrai ſi vous dites vray.

FAUNUS *met la bague.*

Fort volontiers. Hé bien , n'estes-vous pas contente ?

CORINE.

Vous avez disparu. Ciel ! quel étonnement ?

FAUNUS.

La chose est assez surprenante.

CORINE.

Sans doute : mais ce diamant
Fait-il le même effet sur tous également ?

FAUNUS.

Oh oüy.

CORINE.

Pour en avoir une preuve constante
Par moy-même , je veux l'essayer un moment.

FAUNUS.

Fort bien.

CORINE *mettant la bague.*

Seconde, amour, le projet que je tente.

FAUNUS.

Rien n'est plus merveilleux.

CORINE.

Vous ne me voyez pas ?

FAUNUS.

Comme si vous estiez absente.

CORINE.

Je ne suis pourtant qu'à deux pas.

FAUNUS.

Ne vous éloignez pas , s'il vous plaît , davantage:
Allons, vous avez fait l'épreuve, & c'est assez.

Ostez la bague, & finissez.

CORINE.

J'en connois trop le prix pour n'en pas faire usage.
Enfin, mes vœux sont exaucez.

FAUNUS.

FAUNUS.

Comment ! que dites-vous ?

CORINE.

Que je fors d'efclavage,
Et que mes malheurs font paffez.

Corine s'éloigne.

FAUNUS.

Comment écoutez donc, Corine, je vous prie,
Ne vous avifez pas d'aller me faire icy
De mauvaife plaifanterie.
Je n'aime pas la raillerie,
Et ce n'eft pas un jeu que cette affaire-cy.
Elle ne répond point, elle s'eft écartée,
Où la retrouver, & comment ?
Voilà pour un commencement,
Un bel effet de la bague enchantée.
Jupiter ne fçait ce qu'il fait.
Il me donne en partant à garder fa Bergere,
Et par Baccus il envoye un fecret,
Pour empêcher de voir ce qu'elle voudra faire,
Je fuis moi-même un grand fot aujourd'hui,
De n'avoir pas prévû la chofe :
Mais quand je l'aurois fait, je n'ofe
Croire avoir plus d'efprit que luy.
A quoy la paffion expofe ?
Elle obfcurcit l'efprit, elle aveugle les yeux,
Et l'amour qui fe rit de tous tant que nous fom-
mes,
Fait affez fouvent faire aux Dieux,
Autant de fottifes qu'aux hommes.
Quel parti prendre ? il faut tâcher
Adroitement de faire en forte,
De rattraper la bague, & furtout d'empêcher,
Que de ces lieux l'invifible ne forte.

F

Courons , & redoublons la garde de la porte ,
Si l'on ne la voit pas , on pourra la toucher.

SCENE IX.

CORINE *seule*.

QUe parle-t-il des Dieux & de Jupiter même ?
Ay-je bien entendu ! seroit-ce un Dieu qui
   m'aime ?
      Mais non , pourquoi se déguiser ?
Pourquoi descendre ainsi de sa grandeur suprême ?
Et pour toucher un cœur , chercher à l'abuser.
      Je sens qu'en secret , je me flatte
De soumettre à mes loix une divinité.
      Trop dangereuse vanité ,
      Qu'il faut que ma vertu combatte
Par le secours de la fidelité.
C'en est fait , & je veux que mon triomphe éclatte ,
      Quelque bonheur qui me soit presenté ,
Je me dois à Philéne , & ne suis point ingrate ,
      Et le Dieu sera rebuté.
      Voici Philéne .... sa presence
Dans tous mes sens allume un nouveau feu.
      Il croit estre seul en ce lieu ,
Il ne me sçauroit voir , examinons-le un peu ,
Ecoutons , sçachons ce qu'il pense ,
      Et s'il merite sur un Dieu ,
Qu'on luy donne la préference.

SCENE X.

PHILENE, CORINE.

PHILENE.

TOut favorise mes desseins ,
C'est une puissance divine ,
Qui vient de m'ouvrir les chemins
De ces beaux lieux habitez par Corine.
Il n'est point de bonheur égal
A celùi d'être aimé d'une beauté qu'on aime.
Si Corine est pour moy la même ,
Je ne craindrai point d'un Rival ,
Ni le pouvoir , ni la colere.
Prés d'elle conduit par l'amour ,
Mon bonheur me rend temeraire ;
Et j'affronterai pour luy plaire ,
Les perils où dans ce séjour ,
De ce Rival peut me livrer la haine.
Heureux de périr en ce jour ,
En prouvant ma constance à Corine.

CORINE.

Ah Philéne !

PHILENE.

Qu'entens-je ? Corine , est-ce vous ?
Quel charme vous cache à ma vûë ?

CORINE.

Le Ciel se déclare pour nous.

PHILENE.

J'entends sa voix. Depuis que je vous ay perduë,
De mon bonheur les Dieux jaloux,
Ne peuvent-ils souffrir qu'à mes vœux les plus
doux,
Vous soyez tout à fait renduë.
Je vous entends, & je ne puis vous voir;
Auprès de vous, c'est l'amour qui m'amen
Ce Dieu m'a-t'il flatté d'une esperance vaine ?

CORINE.

Non, Philene, ce Dieu va combler votre espoir
Ce diamant me rendoit invisible.

PHILENE.

C'est un present de mon Rival,
Vous l'avez accepté, Corine, est-il possible ?

CORINE.

Oüi, mais il luy sera fatal.
Il peut faciliter ma fuite,
Où si vous demeurez près de moy dans ces lieux
Vous y cacher à tous les yeux.

PHILENE.

Que s'il se peut jamais je ne vous quitte,
Et que mon sort soit envié des Dieux.

CORINE.

N'en doutez point, Philene, il doit leur faire envie,
Ce present vient de quelqu'un d'eux,
Corine vous le sacrifie.

PHILENE *prend la Bague & veut la mettre.*
Que Corine me rend heureux !

CORINE.

Ah, Philene, arrestez, ne troublez point ma joye!
En vous cachant sitost à mes regards,
Autant que nous pourrons souffrez que je vous
voye:
Et quoique l'on m'observe ici de toutes parts;

COMEDIE.

Pour mettre cet anneau, du moins il faut attendre
Que quelqu'un vienne nous surprendre.
Ma Tante porte ici ses pas.

PHILENE.

Oüi, c'est elle je crois l'entendre.

CORINE.

Cachez-vous à ses yeux, mais ne me quittez pas.

SCENE XI.

MEROPE, CORINE, PHILENE.

MEROPE.

JE ne puis demeurer en place ;
Je vais, je viens, je cours, & je ne sçay pourquoi :
Ma Niéce, il faut de vous que j'obtienne une grace.

CORINE.

Vous pouvez disposer de moy.

MEROPE.

Depuis quelques instans tout ce qu'icy je voi,
Me donne des soupçons, m'allarme, m'embarrasse ;
Expliquez-vous de bonne foy ;
Ignorez-vous ce qui s'y passe.

CORINE.

Quoy donc ?

MEROPE.

Parlez sincerement,
De concert, s'il se peut, démêlons l'avanture ;
Je vois des incidens qui passent la nature,
Ces Jardins, ce beau Bâtiment,
D'une divinité, sans doute, sont l'ouvrage,

F iij

Ou l'effet d'un enchantement.
CORINE.
Mais à penſer ainſi, qu'eſt-ce qui vous engage?
MEROPE.
Vous penſez comme moy, ma Niéce, aſſeurément,
Ce Courier que vous vient d'envoyer votre A-
mant.....
CORINE.
Hé bien.
MEROPE.
Ma ſurpriſe eſt extrême.
CORINE.
Quoy donc ?
MEROPE.
C'eſt quelque Dieu, ma Niéce, abſolument,
Ou quelque Enchanteur qui vous aime,
Et le Courier, peut-être, eſt un des deux lui-mê-
me.
PHILENE.
O Ciel ! quel eſt l'excès de mon étonnement?
MEROPE.
Oüays, quelle voix ay-je entenduë ;
Dites,
CORINE.
C'eſt la mienne vrayment.
MEROPE.
De moment en moment je ſuis plus éperduë,
Ce qui s'eſt offert à ma vûë.
CORINE.
Quoy donc ! ma Tante ?
MEROPE.
En ce moment,
Ce Courier à mes yeux vient de percer la nuë;
Je l'ay vû vers le Ciel voler rapidement.
CORINE.
De trouble, comme vous, je ſens mon ame émûë.

COMEDIE.

MEROPE.

Ma Niéce, mes foupçons font-ils fans fondement?

CORINE.

Vous m'en voyez faifie, & je fouffre une gêne,
Hâtons-nous de fortir de ce fatal féjour.

MEROPE.

Si quelque Dieu pour vous a de l'amour,
Gardons-nous bien de meriter fa haine.

CORINE,

Au contraire, ôtons-luy tout efpoir en ce jour,
Que le dépit rompe fa chaîne,
Et s'il fe peut qu'à fon retour,
Il me trouve unie à Philene.

MEROPE.

Philene, il le faut oublier :
D'une plus noble ardeur tu dois eftre enflammée.

CORINE.

Le nœud qui nous unit ne peut fe délier,
Et fi d'un Dieu j'étois aimée,
Du plaifir de pouvoir le luy facrifier,
Ma Tante, je ferois uniquement charmée.

PHILENE.

A-t'on jamais fenti des tranfports auffi doux !

MEROPE.

Ma Niéce, affurément on parle auprès de vous.
Ce font des Enchanteurs, mon enfant, qui vous
  fervent,
Ou quelques Dieux qui vous obfervent,
Ne meritez pas leur courroux.
Il faut de votre cœur, ma Niéce,
Bannir une indigne tendreffe.

PHILENE.

Ah! quels confeils pernicieux
Votre Tante vous donne-t'elle?
Gardez-vous de les fuivre, un cœur pur & fidele,

Ne peut jamais déplaire aux Dieux.
MEROPE.
Je n'en puis plus , me voilà presque morte ,
Qui peut, sans être vû , vous parler de la sorte ?
CORINE.
Qui que ce soit, ma Tante, il s'explique fort bien.
MEROPE,
Oh , ce n'est point un Dieu , c'est un Magicien.
Contre les Dieux , il parle pour Philene ,
Mais par hazard ne seroit-ce point luy ?
Cette voix ressemble à la sienne.
CORINE.
Sans m'éfrayer , sans me faire de peine ,
Cette voix m'a parlé presque tout aujourd'huy.
MEROPE.
Quelle surprise est égale à la mienne !
Le Courier , la voix & l'Amant ,
Icy tout est enchantement.
CORINE.
Que dites vous ?
MEROPE.
Malheureuse Corine ,
Un Magicien t'aime, un Folet te lutine.
Où me suis-je laissé conduire aveuglément ?
CORINE.
Ne vous inquiétez , ma Tante , aucunement ,
Ce Folet me plait fort , bien loin qu'il me cha-
grine ,
Je crois , quand il me parle , entendre mon
Amant:
Il me semble que c'est lui-même ,
Et je sens une joye extrême ,
Quand il me jure tendrement ,
Qu'il sera fidele , & qu'il m'aime.

PHILENE.

Il en fait son bonheur suprême ;
Et ses feux, son empreſſement
Dureront éternellement.

MEROPE.

Je n'y puis plus tenir, & n'y puis rien com-
prendre ;
Je suis laſſe de vous entendre,
Cauſer en ma preſence avec votre Lutin,
Et je vais autre part attendre
De tout cecy quelle sera la fin.

SCENE XII.

CORINE, PHILENE.

CORINE.

Nous en voilà défaits.

PHILENE.

Quel bonheur eſt le nôtre,
De pouvoir éviter des regards curieux !

CORINE.

Remontrez-vous, cher Philene à mes yeux,
Un ſurveillant nous quitte.

PHILENE.

Il nous en vient un autre.

CORINE.

Ah ! c'eſt celuy que dans ces lieux
Nous avons le plus à craindre.

PHILENE.

Ne nous suffit-il pas qu'il ne puisse me voir ?

CORINE.

Non, au silence encore, il faudra vous contraindre ;
　　Et de la bague il connoît le pouvoir.

SCENE XIII.

FAUNUS, CORINE.

FAUNUS.

AH! vous vous lassez donc enfin d'estre invisi-
　　　ble ?
Je m'y suis, par ma foy, toûjours bien attendu.
　　Du Diamant autant qu'il est possible,
Sans doute vous avez éprouvé la vertu.

CORINE.

Je suis dans un chagrin terrible.

FAUNUS.

Hé, de quoy donc ?

CORINE.

　　　Je l'ay perdu.

FAUNUS.

Vous n'avez plus l'anneau magique ?

CORINE.

Auprès d'une grotte rustique,
　　Où je m'occupois à rêver,
Il m'est tombé du doigt, je ne l'ay pû trouver.

COMEDIE.
FAUNUS.

Parbleu, ce n'eſt pas là, s'il faut que je m'explique,
Le plus grand mal qui pouvoit arriver.
Pour vous cacher vous eſtes trop charmante,
On perd trop à ne vous voir pas,
Et quand le Ciel de tant d'appas,
Orna votre beauté naiſſante ;
Ce ſeroit offenſer les Hommes & les Dieux
De dérober tant d'attraits à leurs yeux.

CORINE.

De la perte que j'ay faite,
Vous me dédommagez par des propos ſi doux.

FAUNUS.

Quand cette perte eſt un bonheur pour nous,
Il ne faut pas qu'on la regrette.

CORINE.

A parler franchement je ne regrette rien,
Et j'ay dans ce moment tout ce que je ſouhaite,
Jamais un cœur ne fut ſi content que le mien.

FAUNUS.

Je ſuis charmé de vous voir ſatisfaite.

CORINE.

Qui ne le ſeroit pas ?

FAUNUS.

Hé bien,
Pour vous entretenir dans cette humeur gaillarde;
Car vous ſçavez que de ma part,
Heureuſement auſſi je ſuis aſſez gaillard.
Voulez-vous que je me hazarde
A vous donner ici, pour vous deſennuyer
Un petit plat de mon métier ?

CORINE.

Fort volontiers. Que ſera-ce ?

FAUNUS.

Une Feſte,

Que dans ces lieux Baccus avec l'Amour apprefte,
Et qu'ils m'ont demandé de repeter icy.
Je leur ay de bon cœur accordé leur requefte,
Ils ne tarderont pas à venir. Les voicy.

CORINE.

Baccus ! l'Amour ! Fuyons.

FAUNUS.

N'ayez point de fcrupule.

CORINE.

Des Dieux parmi nous !

FAUNUS.

Bon, & Baccus & l'Amour,
Aux mortels en crédit tous les Dieux font la cour,
S'en étonner, c'eft eftre ridicule,
Nous plaire eft leur unique foin,
Et nos faveurs font leur merite.

CORINE.

C'eft un honneur dont je vous felicite ;
Mais trouvez bon que je vous quitte,
Et que je puiffe voir leur Fefte d'un peu loin.

DIVERTISSEMENT

DIVERTISSEMENT

DU SECOND ACTE.

BACCUS, *suite de Baccus.*

BACCUS.

JE vous amene ici l'Elite,
Des bons Yvrognes de ma suite,
Gens éprouvez dans les repas,
Toûjours prêts à faire merveille,
Que le peril n'étonne pas,
Et dont un seul mettroit à bas
Un escadron de cent bouteilles.

FAUNUS.

Vous avez là de bons Soldats.

BACCUS.

Ils combattent toûjours auprès de ma personne,
Hé bien, Pere Faunus, la Cave est-elle bonne ?

FAUNUS.

Pas trop, Seigneur, Baccus.

BACCUS.

Quoy pour un grand Seigneur
Jupiter prétend qu'on le prenne,
Et dans sa Cave il n'a pas du meilleur ?
Pour paroître tel, qu'il apprenne
Que de son vin surtout il faut se faire honneur.

G

FAUNUS.

Uniquement fenfible aux charmes des mortels,
Il néglige fes foins pour elle.

BACCUS.

Tant pis.

FAUNUS.

Oüi, mais enfin, c'eft un dérangement,
Que Baccus peut réparer aifément.

BACCUS.

Volontiers.

FAUNUS.

Vous avez de vendange excellente
Copieufe provifion.

BACCUS.

Oüi, très-forte.

FAUNUS.

Le vin n'eft pas ma paffion ;
Mais cependant je fuis d'humeur fort complai-
fante ,
Et j'en bois quantité par converfation.

BACCUS.

Toûjours une Cave ambulante
Me fuit partout.

FAUNUS.

Bonne précaution.
Voilà ce qui s'appelle une Fefte charmante,
Des vins les plus délicieux,
Tandis que nous ferons un effay copieux ,
Ordonnez, s'il vous plaît, que la troupe Bachi-
que ,
En partageant nos plaifirs en ces lieux,
De concert à l'envi s'applique,
Par d'agréables jeux, par de tendre mufique,
A nous occuper de fon mieux.
Et les oreilles & les yeux.

UN SUIVANT de Baccus chante.

Dieu des Bûveurs, sous tes aimables loix
On passe doucement la vie,
Tes favoris ne portent point envie
Au sort brillant des plus grands Rois.
Par les douces vapeurs de ta liqueur charmante,
Tu sçais combler tous nos desirs,
Le vin est la source abondante
De tous les plaisirs.

UNE BACCANTE.

Quand à longs traits
Le bon vin coule,
On ne s'en dégoûte jamais.
Sans ennuy le temps s'écoule,
Aucuns mets
Ne paroissent mauvais,
Les plaisirs naissent en foule,
C'est pour les Bûveurs qu'ils sont faits.
Les plaisirs, &c.
Et l'on choisit les plus parfaits,
Quand à longs traits, &c.

SCENE II.

L'AMOUR, & sa suite.

UN PETIT AMOUR.

DU choix de ses plaisirs, si chacun est le maître,
On choisira ceux de l'Amour, peut-être,

Et pour vous les offrir, j'adreſſe ici mes pas.

UN SUIVANT de Baccus.

Après les plaiſirs de la table,
Ceux de l'Amour offrent le plus d'appas,
Il en faut faire un mélange agréable ;
Aimer à la fin du repas,
Afin de ne s'ennuyer pas,
Après les plaiſirs de la table.

UNE SUIVANTE de l'Amour.

Aimons toûjours,
Parmy le vin & la tendreſſe,
Paſſons le cours
De nos beaux jours :
On doit le temps de ſa jeuneſſe
A Baccus autant qu'aux Amours.

FAUNUS yvre à Baccus.

Sans trop examiner, ni leurs droits, ni les vôtres,
En toute occaſion je croy
Avoir toûjours de bonne foy
Bien payé les uns & les autres.

BACCUS.

Aſſurément.

FAUNUS.

Pour ceux de Baccus aujourd'huy,
Je m'en ſuis acquitté dignement avec luy.

L'AMOUR.

Et les miens ?

FAUNUS.

Partie à remettre,
Parce que l'un ne peut permettre….
Que tous les deux…. conjointement…

Prennent certain arrangement....

Après cela pourtant, je puis bien vous promettre...

Quand à present que je me porte bien.....

Mais pour une autrefois que vous n'y perdrez
rien.....

Et que sans vouloir vous commettre,...

Il ne faut là-deſſus avoir aucun foncy.....

D'autant que fouvent on hazarde.....

Que qui devroit garder a befoin qu'on le garde.....

Au bout du compte enfin..... Bon foir & grand
mercy.

SCENE III.

BACCUS, L'AMOUR.

BACCUS.

IL eft en bon état.

L'AMOUR.

Que le vin l'y maintienne,
Jufqu'à ce que Jupiter vienne.

BACCUS.

Agiſſons de concert toûjours dans tout cecy.

L'AMOUR.

J'ay donné ma parole à Junon.

BACCUS.

Moy la mienne,

L'AMOUR.

Ne bûvez donc point tant, & qu'il vous en fou-
vienne.

G iij

BACCUS.
N'ayez de grace aucun foucy.
L'AMOUR.
Dans ces Jardins tantôt j'ay fait entrer Philene.
BACCUS.
Avec Corine il s'y promene.
Sans eftre vû l'anneau magique a réüffi.
L'AMOUR.
Tant mieux, fervons-nous en pour les tirer d'icy.

Fin du fecond Acte & du Divertiffement.

ACTE III.

SCENE PREMIERE.

JUPITER, MERCURE.

MERCURE.

'E N conviens, l'avanture a de quoy vous surprendre
  Plusque vous, j'en suis étonné :
  Rien ne devoit vous faire atten-
dre,
Un retour si peu fortuné.

JUPITER

A cet évenement, je ne puis rien comprendre ;
Tu m'en voit accablé de honte & de douleur,
  Et je ne puis imputer mon malheur,
Qu'au seul déguisement que mon choix m'a fait
prendre.

MERCURE.

Hé pourquoi donc ?

JUPITER.

  Mercure, plus j'y pense,
  Plus mes soupçons sont confirmez ;
  Tous ces soupirans d'importance,

Dont les talens font renfermez
Dans le fafte & dans l'opulence ,
Ne font bons que pour la dépence ,
Et rarement ils font aimez.

MERCURE.

On auroit là-deffus bien des chofes à dire.

JUPITER.

Corine , un noir chagrin m'agite , me déchire ;
Je gagerois qu'en ce moment ,
Cette refléxion redouble mon tourment.

MERCURE.

Oüy , nous n'avous pas lieu de rire,

JUPITER.

Corine eft avec un Amant ,
A qui l'on croit impunément ,
Pouvoir des Dieux facrifier le Maiftre.

MERCURE.

Oüy-dà , cela pourroit bien être.

JUPITER.

Oh ! la chofe eft affurément.

MERCURE.

Mais du moins , c'eft fans vous con-
noiftre.

JUPITER.

Je l'avois bien prévû, fatal éloignement,
Ridicule déguifement ,
Importune grandeur , pourquoi ne pas paroiftre
Aux regards d'un objet charmant ,
Dans tout l'éclat où le Ciel nous fait naî-
tre ,
Et craindre de le trop honorer en l'aimant.

MERCURE.

A vous en parler franchement ,
Ce ne feroit pas ma maniere ,
Mais c'eft un ufage ordinaire ,

Que vous n'avez encore quitté que rarement,
JUPITER,
M'en voilà pour jamais revenu , je te jure ,
Sans craindre que Junon murmure.
Je me veux expofer à fes chagrins jaloux ,
Et me faire un plaifir de braver fon courroux.
Il faut pour mieux me vanger d'elle ,
Ouvertement aux yeux de tous ,
Luy préférer une fimple mortelle.
Je ne fçaurois marquer trop de reffentiment ;
Cherchons , Corine , il en eft temps encore ,
Avoüons-nous pour fon Amant ,
Et que tout l'univers fçache que je l'adore.
MERCURE.
Un peu plus de prudence , & moins d'emporte-
ment
Pour quelque temps , il eft bon qu'on l'i-
gnore.
Il eft bien vrai que votre amour l'honore ,
Mais il ne vous fait pas honneur également :
Sçachons d'abord ce qu'elle eft devenuë ,
Une fille qu'on perd de vûë ,
Se retrouve par fois affez facilement ,
Mais pas toûjours , telle qu'on l'a perduë.
JUPITER.
Tu raifonne fort fagement ,
Et c'eft l'excès de la colere
Qui caufe en moi ce premier mouvement ;
MERCURE.
Hé de grace , qu'il fe modere.
JUPITER.
Je fuivrai tes confeils en tout aveuglement.
MERCURE.
Pour mieux approfondir l'affaire ,

Cherchons ici Faunus de toutes parts ,
Il faut que tôt ou tard il s'offre à nos regards,
De Corine déja je vois venir la Tante.

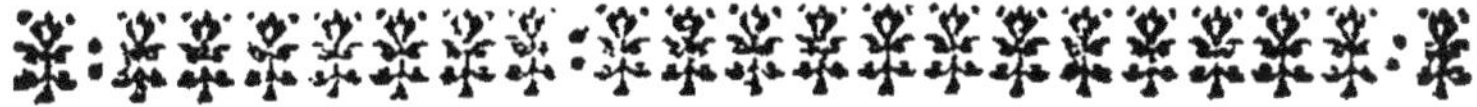

SCENE II.

JUPITER, MERCURE, MEROPE.

MEROPE.

JE n'en puis plus ici , tout m'épouvante ,
Et votre retour même ajoûte à mon effroi ,
Un de vos gens, Seigneur, tantôt s'est devant moi ,
Par le milieu des airs volant à tire d'aîle ,
Fait vers le Ciel une route nouvelle ;
Et puis par un effet presqu'aussi peu commun ,
J'ai vû ma niéce ici causer avec quelqu'un ,
Sans y voir personne auprés d'elle.

JUPITER.

Je ne me trompois pas , ah ! c'estoit un Amant ,
Et que Junon protege apparemment.

MERCURE.

La chose n'est pas impossible.

JUPITER.

Il n'évitera pas un juste châtiment ,
On fait à mon amour un affront trop sensible ,
Et l'on n'offense pas les Dieux impunément.

MEROPE.

Seigneur en tout céci , je ne suis point coupable,
Mortel , ou Dieu , j'en fais serment ,
Je n'ai rien fait qui soit capable

De m'attirer votre reſſentiment.
MERCURE.
Je le crois, nous penſons de vous tout autrement.
MEROPE.
J'ai fait ce que j'ai pû pour engager Corine.
MERCURE.
J'en répondrois à votre mine,
Mais ne ſçavez-vous point comment,
Avec qui de ces lieux elle s'eſt échappée.
MEROPE.
Je ne ſçais qu'en juger, mais je ſuis fort trompée,
Si ce n'eſt un enlevement.
JUPITER.
Et pour faciliter ſa fuite,
Eſt-il venu quelqu'un luy rendre ici viſite?
MEROPE.
Je n'ai vû preſque rien de ce qui s'eſt paſſé,
De ce que je voyois, étonnée, interdite
Auprés de ces boſquets, je n'ai point avancé.
Les amours, diſoit-on, & des gens de leur ſuite,
Avoient ici, ri, bu, chanté, dancé,
De trouble & de frayeur j'avois le cœur glacé,
Et de rien je ne ſuis inſtruite.
JUPITER.
Ah jalouſe Junon! je reconnois vos coups,
Et les amours jamais, n'auroient oſé ſans vous,
Me faire une pareille offenſe.
MERCURE.
Nous le meritons bien franchement entre nous,
Ils n'eſtoient pas de notre confidence.
JUPITER.
Mais Faunus avec eux ſans craindre mon cour-
roux,
A-t-il eſté d'intelligence?

MERCURE.

Nous le fçaurons, le voici qui s'avance.

JUPITER.

Que veut dire ceci, fur fes pieds chancelans,
Il femble qu'à regret, tous fon corps fe foû-
tienne.

✿✿✿:✿✿✿✿✿✿✿✿✿✿✿✿:✿✿✿

S C E N E III.

JUPITER, MERCURE, FAUNUS, MEROPE.

F A U N U S.

POur ratrapper un peu l'ufage de mes fens,
Il eft bon que je me promene.

JUPITER.

Voilà de mon malheur une preuve certaine.

FAUNUS.

Ah, ah, c'eft vous, parbleu, foyez les biens-
venus,
J'allois commencer d'eftre en peine,

JUPITER.

En quel état vous trouvai-je, Faunus ?

FAUNUS.

Vous le voyez, la bedaine affez pleine,
C'eft votre fils . . . fon frere à luy... Bacchus,
Qui pour ... renouveller ... l'ancienne connoif-
fance . . . .
Oh, nous avons, ma foy, fouflé d'excellent jus !

JUPITER.

JUPITER.
J'avois compté fur votre vigilance;
FAUNUS.
Oüy, je fuis vigilant, on ne peut l'eftre plus.
MERCURE.
Il y paroit vraiment.
FAUNUS.
Il y paroit, abus.
JUPITER.
Eh, Corine.
FAUNUS.
Eftes-vous fâché de fon abfence.
JUPITER.
Si j'en fuis fâché ?
FAUNUS,
Paix, je fuis au fait, *motus*,
Mais par difcretion je garde le filence.
JUPITER.
Quoy *!*
FAUNUS.
Ne me dites rien, s'il vous plait là-deffus,
Voilà la Tante encore, c'eft une grande avance;
Je ne perds pas, comme on voit, connoiffance;
Et les pieges qu'on m'a tendus,
Bref, vos rivaux, feront tous confondus.
JUPITER.
Ne rougiffez-vous point de l'état où vous êtes.
FAUNUS.
Non, pour un peu de vin, quel vacarme vous
faites.

JUPITER.
Quelle honte *!*

FAUNUS.
Voilà juftement ce que c'eft ;
Vous autres, Dieux de la premiere claffe,
H

Vous bûvez du nectar tout autant qu'il vous plait,
Sans que fur vos cerveaux, il faffe
Nulle impreffion, nulle trace:
Pour nous autres, il y paroit.

JUPITER.

Pour faire contre vous éclater ma vengeance,
Je vous dégraderai de l'immortalité.

FAUNUS.

Non, non, n'en faites rien, donnez-vous patience.
Avec la Tante en diligence,
Je vais chercher par tout, & mon activité
Juftifiera que ma fidelité,
Merite une autre recompenfe,
Sans adieu.

SCENE IV.

JUPITER, MERCURE.

JUPITER.

QUelle indignité!
A quel excés je me fens irrité.
Les Amours & Bacchus aujourd'hui me trahiffent,
Avec Junon de concert ils s'uniffent.
Ah! je les punirai de leur temerité.
Pour Junon, j'y fuis fait, & j'ai toujours efté
L'objet de fon humeur & de fa jaloufie;
Et je ne puis priver Bacchus de l'ambrofie;
Mais pour un tas confus de ces petits amours,
Dont le nombre par tout augmente tous les jours,
Je puis au gré d e mon envie

Les foumettre à perdre la vie.
Le deftin me permet de les traiter ainfi ;
Va cours , dire à Venus . . . .
MERCURE.
Je crois que la voici.

SCENE V.

VENUS, JUPITER, MERCURE.

JUPITER.
Vous venez à propos , Déefle.
VENUS.
Un foin preffant qui pour vous m'intereffe ,
Me fait vous chercher jufqu'ici.
JUPITER.
Et pour une affaire qui preffe ,
J'avois deffein de vous parler auffi.
VENUS.
La confidence eft fâcheufe à vous faire.
JUPITER.
Ce que je vous dirai , pourra ne pas vous plaire.
VENUS.
Junon votre chafte moitié . . . . .
JUPITER.
Junon . . . ne me parlez point d'elle.
VENUS.
Sent pour mon fils qui foupire auprés d'elle ,
Un peu plus que de l'amitié.

H ij

MERCURE.

Comment diantre , ceci paſſe la raillerie ?

JUPITER.

Junon !

VENUS.

De vos amours , voilà quel eſt l'effet.
Je ne dois pas les blâmer tout-à-fait ,
C'eſt une liberté qui ne m'eſt pas permiſſe ,
Mais votre exemple l'authoriſe ;
Comme chez les Mortels, l'exemple chez les Dieux,
Eſt tout-à-fait contagieux :
Quand à ſa femme un mari donne priſe ,
La femme cherche à l'imiter ,
Et c'eſt ainſi qu'on l'indemniſe.

JUPITER.

Déeſſe vous venez ici nous debiter
Une ridicule morale.
Un mari peut manquer à la foy conjugale,
Sans que la femme ſoit en droit d'en profiter,
Il eſt des loix de bienſéance ,
Les maris ont de certains droits.

VENUS.

On s'y conformoit autrefois ,
Aujourd'hui l'uſage en diſpenſe ,
Les femmes ont changé de loix.

JUPITER.

Morbleu , de toute votre race ,
J'ai bien à me plaindre aujourd'hui ;
L'aîné prend ma femme pour luy,
Les cadets, pour un autre, enlevent ma maiſtreſſe :
Pour l'aîné, je conviens de ce que je luy doy ;
Il a ſouvent bien ſervi ma tendreſſe ,
Et là-deſſus je ſuis de bonne foy.
Il faut bien en faveur de tant de bons offices,
Luy paſſer ſes tendres caprices ,

Quoique ma femme en foit l'objet,
Mais qu'il en demeure au projet.
VENUS.
Raffurez-vous, & n'ayez nulle crainte,
Sa tendreffe n'eft qu'une feinte,
Et je n'ai pris le foin de vous en avertir :
Qu'afin de vous faire fentir,
Dans le defir d'eftre vengée,
A quoi fe peut livrer une prude outragée ;
C'eft à vous dans la fuite à vous en garantir.
JUPITER.
Ah ! c'eft ce que l'on doit attendre,
Mais lorfqu'à votre aîné j'ai des graces à rendre,
J'ai du regret à ne vous point mentir,
D'eftre obligé de vous apprendre,
Quel violent parti contre tous ces cadets ;
Aprés les chagrins qu'ils m'ont faits,
Mon jufte courroux vient de prendre.
VENUS.
Quoi ! comment donc ?
JUBITER.
Ils ont prêté
Leur foins pour m'enlever Corine.
VENUS.
Ce trait qui contre eux vous chagrine,
Ne doit point leur eftre imputé.
JUPITER.
J'en crois le mouvement dont je fuis agité,
Et la fureur qui me domine.
Ils m'ont trahi, mais je m'en vengerai,
J'en vais détruire autant que je pourrai.
VENUS.
Votre courroux contre eux n'a rien que j'appre-
hende,

JUPITER.
Ils en reſſentiront cependant les effets.
VENUS.
Vous en auriez d'inutiles regrets ;
Ils meriteront grace, & je vous la demande.
JUPITER.
C'eſt aſſez qu'à l'aîné je laiſſe ſes Autels,
Les autres deviendront mortels
De ma vengeance, il faut laiſſer des mar-
ques,
Je les aſſujettis au caprices des Parques.
VENUS.
Quel affront, quel nouveauté !
JUPITER.
Allez, dépechez-vous, que mon ordre, Mercure,
A l'inſtant ſoit executé.
MERCURE.
Vous ferez obéï.
VENUS.
Cette peine eſt trop dure,
Révoquez-en l'Arreſt.
JUPITER.
Non, je ſuis trop piqué,
Il ne ſera point révoqué,
Et c'eſt par le Stix que j'en jure.

SCENE VI.

VENUS, MERCURE.

Ciel ! puis-je recevoir de plus sensible injure.
MERCURE.
Il est terrible en sa fureur,
Et les amours, je vous assure,
Ont grand tort dans cette avanture,
Par un endroit sensible, ils ont frappé son cœur.
Voilà pour eux une fâcheuse époque,
De la façon qu'il a juré,
Je ne crois pas, tont bien consideré,
Que jamais l'ordre se révoque.
VENUS.
L'effet du moins par vous doit estre differé.
MERCURE.
Non, je n'y puis trop-tôt satisfaire à son gré,
Et je vais avertir les trois sœurs Filandieres,
Qu'à leurs loix Jupiter a soumis les amours,
Qu'elles sont désormais maistresses de leurs jours,
Impitoyables & severes.
Je crois, que loin d'en prolonger le cours,
Elles n'en épargneront guéres,
Et je prévois que leur fatal ciseau,
Les fera presque tous périr dès le berceau.
Je vous quitte.
VENUS.
Arrêtez, de grace.

MERCURE.

Vous obéïr, n'eſt pas en mon pouvoir ;
Quand Jupiter prononce, il faut qu'à ſon devoir
Sans differer on ſatisfaſſe.

SCENE VII.

VENUS *ſeule.*

ET moy pour qui cet Arreſt odieux
Eſt l'offenſe la plus mortelle,
Je ſçaurai contre lui ſoulever tous les Dieux
De tes freres, mon fils, prens en main la querelle,
Vangeons-nous de concert d'un Maiſtre impe-
rieux...

SCENE VIII.

L'AMOUR, VENUS.

L'AMOUR,

QUel violent tranſport, Déeſſe, vous anime,
VENUS.
Tu vois, mon fils, le cœur de ta mere agité,
Du courroux le plus legitime.
Tes Freres ſont privez de l'immortalité ;
Sans les entendre, on les opprime,

Contr'eux Jupiter irrité ,
Que fans le rendre heureux, Corine l'ait quitté,
De fa fuite leur fait un crime ,
Il a donné l'Arreſt.

L'AMOUR.

Il faut qu'il le fupprime,
Et c'eſt un traitement qu'ils n'ont pas merité.
Si l'enlevement de Corine
Au point où je le crois , l'offenſe & le chagrine,
De cet enlevement , qu'il ne ſoit point ſurpris ;
Il nous a méprifés ; mais enfin, qu'il apprenne
Que pour éviter ſes mépris ,
On cherche à meriter ſa haine.

VENUS.

Vous le pouvez braver impunément ;
Mais vos freres , mon fils , objet de ſa vengeance,
Quand c'eſt vous qui faites l'offenſe,
En reçoivent le châtiment.

SCENE IX.

FAUNUS , VENUS, L'AMOUR.

FAUNUS.

HE' ! qu'eſt-ce donc , voici bien du remu-mé-
nage ?
Jupiter eſt pis qu'enragé,
Et moy de mon côté j'enrage ;
C'eſt vous , petit fripon, je gage,
Qui par malice avez ici tout dérangé.

L'AMOUR.

Oüy, c'eft moi; c'eft Bacchus, & Junon elle-même,
Qui de concert en ce moment,
Venons d'unir Corine à ce qu'elle aime.

FAUNUS.

Vous avez là-dedans bien operé vraiment,
Un mortel eft maiftre des charmes,
Que le maiftre des Dieux aimoit fi tendrement.
Je ne m'étonne pas s'il met tout en allarmes
Dans tout ceci, pour moi, je n'attens rien de bon.

VENUS.

Vous ne faites que craindre en cette occafion,
Et des amours déja la difgrace eft certaine;
Doivent-ils feuls porter la peine,
D'avoir trop-bien furvi Junon?
Jupiter, fufpends ta vengeance,
Où fi tu veux l'exercer aujourd'hui,
C'eft l'Hymen qui te fait la plus fenfible offenfe;
Puni-le, vange-toy fur luy.

FAUNUS.

Oh ! pour cela c'eft une chofe à faire,
C'eft lui qu'il faut bannir du rang des Immortels.
Quand on détruiroit fes Autels,
On ne s'en plaindroit pas , & l'on n'y perdroit
guéres ;
Mais vouloir fupprimer la race des amours,
Ce feroit déranger l'ordre de la nature ,
Le monde , fans l'Hymen , peut bien durer toû-
jours ;
Mais fans amours il eft bien-mal-aifé qu'il dure,
Je crains fort entre-nous la fin de l'aventure.

SCENE X.

FAUNUS, VENUS, L'AMOUR, L'INCONSTANCE.

L'INCONSTANCE.

NE craignez rien , Faunus , raſſurez-vous ,
    Ceſſez de vous plaindre , Déeſſe ,
Au deſtin des amours toûjours je m'intererreſſe.

L'AMOUR.
Que peut l'Inconſtance pour nous ?
L'INCONSTANCE.
Pour vous , ingrat , je travaille ſans ceſſe ,
De Jupiter j'ai calmé le courroux.
VENUS.
Que dites-vous ?
L'INCONSTANCE.
     J'en ſuis certaine.
Il voit Corine ſans regret ,
Par l'Hymen unie à Philene.
L'AMOUR.
Quoy ! leur bonheur ne luy fait point de peine?
L'INCONSTANCE.
Pour dégager les cœurs d'une amoureuſe chaîne ,
    L'Inconſtance a plus d'un ſecret ,
    Jupiter en reſſent l'effet ,
Il n'eſt pas ſans amour , mais il eſt ſans colere,

FAUNUS.

Hé, comment avez-vous pû faire ?

L'INCONSTANCE.

Sans m'écarter de ma route ordinaire,
J'ay fait à ses regards briller un jeune objet,
Plus charmant que Corine, & plus digne de plaire.

VENUS.

Fort bien.

L'INCONSTANCE.

Un de vos fils, un petit temeraire,
De tous les Amours le cadet,
Qui je crois ne fait que de naître,
Les a d'abord frapé tous deux du même trait :
Et des Dieux le souverain maistre,
Aplaudit à l'enfant du beau coup qu'il a fait.
Il le caresse, il fait connoistre
Qu'il se repent du funeste decret,
Dont il vient de charger Mercure ;
Et tout Dieu qu'il est, il murmure
Contre le sort qui le soumet.
Ayant juré le Stix à n'estre point parjure,
Il me consulte, il me permet
Autant qu'il se pourra de reparer la chose,
J'imagine un moyen, & je le luy propose ;
Il l'approuve à l'instant, il en est satisfait.

VENUS.

Quel est-il ?

L'INCONSTANCE.

La Metempsicose.

L'AMOUR.

Comment ?

L'INCONSTANCE.

Si les Amours ne sont plus immortels,
Ils n'en auront pas moins leurs Temples, leurs
Autels ;

Ils

Ils finiront sans cesser d'estre,
Les Parques, ni les temps ne pourront rien sur eux,
Toûjours jeunes, charmans, heureux,
Leur ainé de leur sort sera par moy le maître,
Le sien ne sera pas plus brillant que le leur;
Et quand ils mourront dans un cœur,
Dans un autre à l'instant, je les feray renaître,
Et leur rendray par là cette immortalité,
Dont le droit leur vient d'estre ôté.

L'AMOUR.

Ay-je tort d'aimer l'Inconstance.

VENUS.

Peut-on mieux des Amours reparer le malheur.

L'INCONSTANCE.

A mes talens, à ma faveur,
Venus & les Amours doivent plus qu'on ne pense.

L'AMOUR.

Ne doutez point de leur reconnoissance.

SCENE DERNIERE.

MERCURE, L'AMOUR, VENUS, L'INCONSTANCE.

MERCURE.

JUpiter près de vous m'envoye en diligence,
Vous annocer le pardon d'une offense,
Qu'il ressentoit avec trop de chaleur,
Mais il faut le servir dans sa nouvelle ardeur,
Junon au Ciel est retournée.

L'AMOUR.

Saisissons cet heureux moment,

De Corine & de son Amant,
Celebrons icy l'hymenée,
VENUS,
Que tout conspire à leur contentement.
L'INCONSTANCE.
Que l'Univers admire ma puissance,
Et qu'on se souvienne toûjours,
Que malgré les destins, aujourd'huy l'Inconstance
Immortalise les Amours.

Symphonie.

MERCURE.
Vous n'aviez jamais lû dans la Métamorphose,
Les incidens qu'on vient d'exposer à vos yeux,
Et de cette Metempsicose,
L'effet pourtant est sensible en tous lieux.
L'histoire secrette des Dieux,
Pour les gens de bon goût doit avoir quelque chose,
D'Interessant, de Curieux.
Si cet épreuve à pû vous satisfaire,
Nous tâcherons de temps en temps,
D'en démêler encor de nouveaux incidens,
Et de les rendre de manière,
Que vous en soyez plus contens ?
La troupe de nos Dieux préfere,
A l'interest, & même à tout encens,
L'avantage seul de vous plaire,
Et d'attirer vos applaudissemens.

DIVERTISSEMENT.

UNE THESSALIENNE.

Goûtons bien la douceur extrême,
D'une heureuse liberté,
Dans ce beau séjour enchanté,
Malgré la grandeur suprême,
Une jeune & tendre beauté,
Peut au Souverain des Dieux-mêmes,
Préferer le Berger qu'elle aime.

UN THESSALIEN.

Que tout retentisse
Du bonheur qu'on goûte en ces lieux,
Que chacun choisisse
Les plaisirs qu'il aime le mieux,
D'une aimable & sage folie,
Où l'ame s'endort & s'oublie.
Ménageons bien les momens précieux,
Les seuls plaisirs de la vie,
Egalent les Mortels aux Dieux.

Air.

Sans le secours de l'Inconstance,
Que l'amour auroit peu d'attraits ;
Un cœur qui ne change jamais
De l'amour, borne la puissance.
Que feroit-il de tous ses traits

Sans le secours de l'Inconstance.

Changer d'objet tous les jours,
Voler toûjours de belle en belle,
Si c'est leur estre infidele,
C'est estre fidele aux amours.

Sçavoir aimer constamment,
Rendre un Berger toûjours fidele ;
C'est tout l'honneur qu'une belle,
Se puisse promettre aisément.

VAUDEVILLE.

Premier Couplet.

Habitans heureux
De ces beaux lieux,
Les plaisirs sont votre partage,
Ne songez qu'à vivre contens :
Profitez bien de vos beaux ans.
Donnez aux Amours,
Vos nuits & vos jours,
C'est en faire un bon usage.

2. Couplet.

Sur l'aîle du temps
Tous nos instans,
Se dissipent comme un nuage.

Préferons, puisqu'il faut finir,
L'instant present à l'avenir.

Les momens perdus
Ne reviennent plus,
Et qui les perd n'est pas sage.

3. Couplet.

Quand avec Cypris
Mars fût surprit,
Vulcain devoit taire l'offense.

Pour en avoir instruit les Dieux,
Il devint la Fable des Cieux.
On est aujourd'hui
Plus sage que lui,
On sçait garder le silence.

4. Couplet.

L'or de Jupiter
Ne peut dompter,
Qu'un cœur neuf au tendre mystére.

S'il a malgré l'éclat de l'or,
Près de Corine un autre sort,
C'est qu'à ce métal
Vu jeune Rival,
Mérite qu'on le préfere.

5. Couplet.

Nous serons heureux,
Comme les Dieux,
De remporter votre suffrage.

Pour mériter cette faveur,
Nous travaillons avec ardeur,
Pour prix de nos soins,
Prétez-vous du moins,
Au succès de cet ouvrage.

FIN.

VEu & permis. Signé , le VOYER
D'ARGENSON.